神來的時候

王定國

愛可以死。愛也是冷靜的事。

目次

螢火蟲

很少聯絡的老谷突然來電，替人傳達一個無理的要求。

修平教授以為自己聽錯了，再問了一次，那邊還是沒有改口。

「會不會是惡作劇，哪有人這樣？」

「我聽她親口說出來也嚇一跳，早就替你擋下來。但是修平兄，其實這已經是上個月的事，她現在每兩天就來電話催我一次，反正就是非要見你一面不可。如果只是單純的見面，我相信你也不至於拒絕，但她偏偏還要那樣，我能怎麼辦，除了請你趕快答應，我真的沒辦法再應付了。」

「是怎樣的人？我對她真的毫無印象。」

「小學到現在都幾年了，誰還有印象。我是因為十幾年前辦過那場同學會，你沒有參加，結果她來了，主動找我說她叫黃杏枝，我才想起以前確實有她這個人。早知道的話，當初連名片也不給她。」

他嗯了聲，覺得自己既然沒答應，了解太多反而難回頭，就作罷了。

雖然沒有把這件事放在心裡，昨晚卻還是睡不好，半夜起來兩次，摸索著進出浴室，就是不想開燈又看到妻的空床。小桌几隔開了兩張床，上面放他睡前的書、老花眼鏡和備用的半杯水，桌几再過去則是她的枕頭和被單，一樣都沒少，看起來好像還在沉睡著，直到從昏暗中的浴室回來重新躺好，輾轉幾下翻身過去，聽不見一絲絲動靜，才又不得不相信她真的已經遠在異鄉。

兒子在舊金山找到工作後，她說要去依親，從此住了下來。

幾個月後他不甘寂寞，果決地把這兩張床合併靠攏，再用訂製的大床罩完整地鋪接起來，還拍了照片寄給她，回了一個頻頻點頭讚賞的圖像，以為她就被打動了，結果還是不置一語，看來就是鐵了心不再回來。

修平教授被潑冷水後，為了心裡那一點點自尊，也看不慣自己像個鰥夫獨睡著大床，才又收掉了新床罩，把她的床推回到原位，看起來至少還像兩人相伴，只是出門遠行還沒回來罷了。

五十歲後她才開始鬧那種老情緒，可見年輕時都在壓抑，跟著他住過深山裡的克難小屋，也陪他跋涉在荒郊野外探勘那些自然生態，那時從沒聽她喊過一聲苦，怎麼知道那種熱情終究抵不過中年過後的寂寞，冷卻下來後就撒手不管了。

上個月帶著學員採集山溝裡的蟲卵，踩到石頭上的苔蘚摔斷了腿，裹上石膏後視訊過去，竟然一點也沒有震驚，也不打開她那邊的鏡頭，只叫他把腿舉高，右邊一點，靠左一點，再轉身繞一圈讓她瞧瞧膝蓋四周，然後問他身上還有哪裡受傷，沒有的話以後就不要再亂跑了。

老谷說的那件事，當然一聽就拒絕，還有什麼心情見不見面。

修平教授一早起來就在屋外坐著，陽光照不到的側院裡很適合他看書，一看就特別專注，一直到吸塵器的噪聲穿過小窗傳到耳裡，他才知道阿紅早就開門上工，正在忙著清理地板。閉門獨居以來，屋子裡就剩下這女人每週五次的聲音，幫他整理家務，煮兩頓飯，晚飯煮好就下班，隔天再來收拾他的剩菜和碗盤。

斷腿後不想讓她看了悲哀，索性也把她辭退了。一個禮拜後卻又不請自來，爬到樓上請他下來吃飯，滿腹心酸和委屈，說她一切都能理解：「教授，你把教書工作辭掉了，連門前門後那些花花草草也都鏟掉不要，當然更不可能留下我這種人礙手礙腳，但你還是考慮一下吧，太太也希望我能留下來幫忙，錢拿少一點都沒關係，我晚一點來，早一點走，該做的不會少，也不會吵到你的，這點請你放心，至少讓我做到你的腿好了為止啊。」

阿紅推完了地板，電話鈴聲特別尖銳地傳過來。

認真聽，才知道又是昨晚的老谷，還不罷休又打來了。修平教授聽見阿紅已插上一腳，而且很快下了結論說：「是啊，難得又是小學同學，教授到底怎麼了，只是來拜訪而已嘛，為什麼不答應？」

顯然老谷快被逼瘋了，不分對象逢人告起狀來。

「對方是什麼要求把他嚇到了？」

「真的假的？」

「哪有可能？」

「哎呀，不敢相信，有這種人。」

他覺得不該讓阿紅繼續這樣咬耳朵，趕緊拖著石膏腿站起來，卻已來不及，聽見她是這樣回答的：「幾歲的人了，這樣不會太噁心嗎？」

他蹬著跳著來到了客廳，摀住話筒，要她去掃地，鄰居的落葉飄進來了。

老谷繼續說：「老兄，你不答應，但是黃杏枝剛才又打來了，這次我趁機會問得更清楚，也算對你有個交代。她念到國中畢業就被送去工廠，二十五歲結婚，第二年丈夫拿走她的積蓄跑掉了。後來親戚把她安排到菜市場的肉攤上幫傭打雜，一做十幾年，認識了一個魚販，結了婚生下一個女兒，現在已念大學。其實我不是看不起她才問她的身世，都是她自願說出來的，好像只要能見到你，要她坦白說什麼都無所謂。」

他很想問，難以啟齒，但最後還是沒忍住，「精神上沒有問題嗎？」

「好得很，每天看兩份報紙，說話也很清楚，知道自己在做什麼。她說見你一面是她這輩子最大的心願，我還能說什麼？好啦，還是不要瞞你，她的問題大概就是長相吧，長得實在太……，難道你真的都不記得，班上那幾個同學有時上個廁所碰到她，回來就故意哇哇叫的，你想起來了沒有？」

「欺負人才那麼誇張。」

「修平兄，我相信你也不會以貌取人，所以就更應該答應下來才對。何況她在電話中每次談到你，簡直就是眉開眼笑，就算最親近的人也不可能會這樣。你自己想想看，還要再拒絕的話不是讓她很受傷嗎？好吧，就這樣吧，到時候我陪她一起來就是了。」

「她另外要求的……，可以不要吧？」

「這我真的就沒把握，來都來了，我能拴她一條繩子嗎？她就是堅持要和你接吻才來見你的。不過這也沒什麼，你不會應付一下，既然我也在場，她又能怎樣？我們教書的說到男女之間這種事總是吞吞吐吐假惺惺，但人家是賣魚的，也只有她這種人才會把接吻說得那麼正式，『只要教授願意和我接吻，兩秒鐘也好，我一定會馬上走』，你想想看，難道兩秒鐘你也不敢？再麻煩也就這樣而已啦，同意的話我就趕快去回覆，不然我那些八卦同事還會繼續到處亂說，都以為我是跟什麼女人怎樣了。」

老谷把人帶來了，婦人停在台階下等待，招手喚她才跟上來。

修平教授說著歡迎，面無表情，語氣含糊也不看人，等到一起坐上客廳沙發，才悄悄掠她一眼，不敢相信這十月底的秋風裡，那蕭條的身體裹著冬天的棉襖，還穿來一條毛褲，兩個膝蓋緊靠著，包著花巾的盒子擱在腿上，兩手拘謹地放在盒子上端，使得瘦短的臉像個蠟黃的缺月浮在上面。

「這位就是黃杏枝女士。」老谷說。

「教授，對不起……」缺月低著臉。

「啊，我已辦了退休，就不要再教授了，直接叫名字就好。」

雖然這樣說著，卻還沒從記憶裡找到她，可是就算找不到，人都在眼前了。老谷說她長得嚇人，其實沒那麼誇張，就是瘦得比較明顯，不然整個臉很靜，沒什麼廢話那樣的臉，倒有一股滄桑鎖在眉宇，看起來反而形成很堅定的神情。

女士正要抬臉，廚房裡端出了三杯茶，蓋子碰著杯子，一路嗑嗑嗑地噴著熱煙。修平知道這阿紅有點故意，留下最後一杯才端到客人面前，就為了多瞄一眼，茶盤夾在腋下，再把杯子挪前挪後，大概覺得長相不怎麼樣才放心走回廚房。

寒暄還不熱絡，老谷賣力說著話，女士則把盒子移到茶几上，從皮包裡掏出一張泛黃的照片。老谷先看，近看遠看然後哦哦哦地應付著，看完後傳給修平。他慎重地戴上老花眼鏡，原來畫面裡站著講台上的自己，看不出有什麼奇特，類似的照片他已看過了幾十張。

「這是二〇〇二年教授在博物館的演講，我也在裡面。」杏枝女士說。

兩人只好一起發出驚嘆聲，湊近脖子再瞧幾眼，終於看到講台下一排撐高的蘭花叢，一個女人就站在那裡，笑得匆匆忙忙，和那些紅的白的蘭花對照起來看，顯然是臨時起意，直接衝向鏡頭才有那樣倉促的身影。

「那就是我啦。」她說。

「噢，十幾年了，原來杏枝從以前就是教授的粉絲。」

她被老谷叫出了名字，便不再那麼羞澀又緊繃了，開始如數家珍：「修平教授……雖然平常不是研究農學生態這個領域，卻對螢火蟲的復育投入更多心血，每一次的成果我都有拍下來收藏，而且我再婚那一年，剛好看到教授第一次公開發表了紀錄片，螢火蟲滿山滿谷飛舞，看了好激動，那好像就是教授送給我的祝福。」

「妳太客氣了，杏枝女士過得好嗎？」

「修平……教授，我過得不好，活著就好。我沒有再離婚，就是為了活下去，何況女兒對我很貼心，這次我能來到這裡就是她的鼓勵，給我勇氣……。修平教授你不要誤會，我只想來看看你，這幾年來只要報紙雜誌有任何相關的生態報導，我就會想盡辦法從各種資訊中找到你的名字，從一九九五年一直到去年，只有今年一直找不到你的名字，螢火蟲季你也沒有參加，對我來說是很不好的預感，果然是真的，沒多久就在報紙上看到摔斷腿的消息……。」

「真想不到妳會那麼喜歡螢火蟲。」老谷說。

修平教授沒有說。

「因為，我覺得……，教授你就是螢火蟲。」她勇敢地看著他的眼睛，「我今天來就是要說這件事，那時我們學校舉辦美勞競賽，修平你拿到了冠軍，我第一次看到的螢火蟲就是你用竹葉做出來的，你在那雙翅膀塗上深褐色的顏料，還在翅膀中間留下很細膩的黃線條，而頭上好像有一盞燈剛剛打開，看起來就像隨時準備飛起來。導師那天特別高興，把你的名字放大寫在黑板上，但是有人嫉妒，下課後就在你的名字旁邊故意寫上我的名字……」

修平有點慚愧，很想跟緊這個記憶，遺憾還沒跟上……。

「那是他們用來醜化你的，我一看到自己的名字寫在那裡，眼淚馬上掉下來，因為我的名字就代表一種恥辱，和所有骯髒的、使人害怕的東西都連在一起。但是你知道嗎？也就是那一次，我才有機會被人寫在你旁邊，所以我感到很光榮，那天晚上根本睡不著，天還沒亮我就偷偷溜進教室，很想再看一次我的名字是不是還在那裡。修平，如果沒有別人的惡作劇，我怎麼會一直記得那隻螢火蟲，而且還能活到現在，我的世界是黑暗的，但灰心的時候只要想到螢火蟲會在黑暗中飛起來就夠了。」

老谷爽快地拍響自己的大腿，讚嘆了一聲。

「來，妳先喝一口茶。」

「我不能喝教授的茶。」她說：「我自己帶了這個來。」

她俯身打開花巾上的蝴蝶結，裡面是個白色的保麗龍箱，上面有個扁平的蓋子。她準備掀開蓋子，卻又猶豫起來，抬頭央求著說：「請不要嫌棄，這是我拜託鄉下朋友從學校附近帶來的冰棒。看起來很好笑，但這是我的心意，我一直期待有一天能讓教授嘗到四十年前的滋味……，因為還有一件事我很自責，那時快要放暑假，有一天下課後，你衝到福利社就是要買這種紅豆冰棒，結果賣完了，其他的冰棒也賣完了。」

總算想到了，紅豆冰棒……，修平眼裡一陣熱起來。

「你可能不知道，那最後的一枝紅豆冰棒竟然就在我手上。修平，我一直記得你那麼失望的表情，我突然很著急，很想把那枝冰棒交到你手上，但很不幸我已經咬了一口，我對自己很生氣，只能躲在樹下看著你離開……。」

她急著說完，一縮手已忘了打開蓋子。

「來這裡說這些，實在很丟臉。」她說。

修平很想安慰她，卻又不知道要怎麼安慰，他只記得每次吃完冰棒，捨不得丟掉的竹籤都會保存下來，他就用那些竹籤填塞各種螢火蟲模型的骨架，使它們看起來扎實又逼真。至於得獎的那隻螢火蟲，他已經忘了丟在哪裡了，竟然她還記得那背上細細長長的螢光線，那麼遙遠的時空，那已被遺忘的冷光……。

卻在這時候，杏枝女士突然撐著沙發準備起身，第一次沒站穩，兩個膝蓋差點塌落在地板上。老谷趨前想要扶她一把，已經又站起來了，淺淺地笑著說：「我還記得吃完那枝冰棒後，剛好就是五年級放暑假的夏天，因為父親發生了意外，沒多久新來的繼父就把我轉學搬走了。」

「難怪啊。」老谷說。

修平教授這時總算想起來，那學期的教室裡，有段時間經常空著一個座位，桌面雖然是乾淨的，連著桌面的椅子上下卻堆滿了同學們的雜物，導師發現時曾經命令清空，隔一陣子又有人把雨衣、雨鞋或不堪再穿的破球鞋丟在那裡。

他以為杏枝女士站起來是要去洗手間，或者只為了脫下太熱的棉襖，沒想到這時她卻對著他們兩人鞠躬行禮，然後轉身往外走。

「真的是很失禮啦，我本來就不可以打擾太久，又不是多重要的事，謝謝你們讓我說完，都是我一個人在說，能夠說出來真是太好了。」

阿紅聞聲跑出來送客，被老谷擋下來。

修平教授納悶著說：「為什麼急著要走呢？」

他瘸著腿跟在她後面，走得有點著急，雖然並不確定自己是不是真心留客，但被她一下子掏出了往事，那幾乎就是他這一生中最難忘的縮影，聽完難免特別感傷，很想對她說聲謝謝，或者說些更重要的什麼，卻就是說不出來。

兩人前後來到玄關，伸手握住門把的那一瞬間，兩隻右手碰巧地偎在一起，這反而使她觸電般快速抽回，神情有些慌亂，隨即又冷靜下來，用她最低的聲音對著修平說：「請你多保重了，今天就是來探望你的啊。」

他以為這時她會停下腳步，因為旁邊還沒有人跟上來，也就只有這個還算隱密的角落了，她將可以達成和他接吻的願望，畢竟這是她所堅持來的。何況此時此刻，這麼溫暖又有點令人心痛的時刻，任何人應該都不會想要迴避的吧，他再怎麼頑固也不想再迴避了。

然而她已把門打開，兀自走下台階，再行了一次禮，最後大聲揚起了秋風中的嗓音說：「修平，其實螢火蟲的世界是最黑暗的，你不覺得嗎？好不容易成蟲就要開始發光，卻不到一個月就死了。」

老谷發動車子，修平揮著手，看見自己的影子貼在黑玻璃上載走了。

見面後不到兩週，不知何故的噩耗傳來，杏枝女士走了。

老谷親自告知此事，據其所悉歸納了幾語：杏枝女士長期深受家暴的折磨，去年發現罹癌後拒絕就醫治療，每日顧攤賣魚，收市後再去探視中風住院的丈夫。清晨在家辭世，遺有志工獎牌十餘種，自學攝影作品無數掛滿房間……。

修平教授瘸著腿去拈香，猶記她最後一面的卑躬行禮，學她折腰九十度，由於右腿石膏臃腫僵硬，彎身時僅能單腳撐地，行禮後全身歪斜顫抖，杏枝的女兒上前攙扶，哽咽著請他放心，說她母親離開時微笑闔眼，就像螢火蟲飛上夜空。

「如果媽媽那天打擾到你，非常抱歉。」她說。

還透露一個祕密，母親說的，只要教授和她接吻，她就能變成螢火蟲。

那為什麼後來沒有呢？母親說，會傳染，不忍心。

訪友未遇

1

很多年了。每逢夏季或深秋，她會在度假的海邊給我寫信，有時只寫半張紙，有時卻又意猶未盡，在撕下來的空白頁裡寫滿了她對我的祝福。剛開始那幾年，雖然她已結了婚，我仍抱持著渺茫的希望，尤其當她傾訴著婚姻的苦悶，或潦草地吶喊著海風多熱啊、一個人的屋子裡多荒涼啊，那種無端被她撩起的瞬間，我真的會以為她在對我呼喚，暗示著我們之間或許還有某種可能，某種幽微的情愫那樣不可告人。

我沒有回過信給她，因為沒有地址，郵戳上只能看到模糊的字樣，因此不難想像她就算還有愛意，卻並不那麼期待我的回音。通常她都是寫好了信，夾在行李中一起打包，等著在歐洲從事貿易的丈夫終於回國，才把那些隔靴搔癢的祝福帶回台北丟進了信箱。

後來我才明白，那只是一種驕傲的寂寞。其實她過得很好。

我一直沒有結婚，大抵就是因為這樣的緣故。

我大略說完後，喝一口茶，有點後悔這樣告訴她。聆聽我說話的是新婚的妻子，不久前我還稱呼她幽蘭小姐，這時卻已是婚後的第一個假日，接近黃昏的寂寥的下午。從我們並肩而坐的小茶几可以看見門口的小玄關、亮著燈光的浴室以及牆邊那張稍已陳舊的床，美其名為我們的新房。我本來提議要去看看新家具，她卻只想要聽聽我的羅曼史，於是只好這樣了。

「她長得怎樣？我還想再聽。」

「哪有怎樣，就是那種女生的樣子，該忘的我都忘了。」

「那如果有一天她來找你呢？」

「羅曼史都是失敗的，不然我們怎麼會坐在這裡？」

「難說吧，你們的感情那麼多年……」

她沒說完，看來也不想說了。再來也就沒有新的話題。陽台盆栽的葉子這時突然哆哆響，飄起了八月的小雨，陽光卻還是很亮，房間裡幾乎沒有隱蔽的地方。大概是為了掩飾她這無端而起的醋意，她拿起茶壺去沖水，先在浴室裡摸索了幾分鐘，出來時拔起電壺，沖了茶卻還站在那裡。房間就這麼小，她的側面和背影一目了然，細肩頭，小小的圓臉，遲遲沒有走過來，看起來就是有點走不過來的樣子。

隔天下午她打電話交代，要我下班後自己吃飯，她要出去走走。

我沒吃飯就回來了，果然發現她已不在茶几旁等待。

房間裡並沒有明顯的異樣，屬於她的衣物本來就很少，因此也就不覺得她已經帶走了什麼。出去走走聽起來就是一種散步的路徑，不可能走遠，也不至於莫名失蹤，因此我決定躺下來等她。我認為她頂多只是順便去購物，就像婚後的女人出門買瓶醬油就回來了。

我從恍惚中醒來時，房間已經暗了。坦白說，我還以為她已經回來躺在床上，貓也會躺在床上，所有的疲憊、憂傷、無處可去的身軀都是來到床上才能得到安息。因此我在準備開燈的瞬間還是充滿著僥倖的，以為她就只是蜷縮在黑暗中罷了。直到後來我走進浴室裡沖臉，發現洗臉台上她的牙刷已經不再並排著我的牙刷，這時我才開始感到驚慌。

我仔細回想結婚四天來對她做了什麼。真的沒有什麼。我還是認為不該太過著急，她說要出去走走也就表示她會回來。我們認識才兩個月，不曾有過熱絡頻繁的交往，就像兩片葉子只是被風吹來疊在一起，難免就會因為彼此的動靜而稍稍感到一點點飄零。

當然，不可否認的，這片葉子突然飄走了。

兩個月前的下午，店門外來了一個老婦人，她先貼在玻璃上探著臉，走進來後就直接坐到我面前。街角這家眼鏡行是我和友人合開的加盟店，門市業務平常不歸我管，偶爾午後人多時我才跑到櫃檯來幫忙。

我問她要什麼，她說她是蔡太太。

「老厝邊啦，想起來否？就是阿強的老母啦。」

我好不容易才想起皺紋底下這張臉，趕緊招呼小姐倒茶來，她喜孜孜地忙說不要麻煩，一仰臉已喝到了杯底，看來走了很遠的路，領口和肩膀上的白碎花都濕透了。

我不知道她是不是要配眼鏡，瞞著什麼好事那樣神祕地瞧著我，難得把家鄉事寒暄完後卻又突然變成耳語，嗓聲壓低再壓低，還用手掌把那張嘴巴圈起來。

原來是來說媒，說的正是幽蘭小姐。

蔡太太在這節骨眼小聲說話是對的，可見她也知道我的處境，四字頭的歲數雖然說老不老，唯獨娶妻這種事早就過了時，一個男人既然已經獨身來到秋季，以後的歲末寒冬要怎麼度過其實早就想好了。

但她卻已開始敘述著幽蘭小姐這個人，說她活到這把年紀，還不曾看過那麼貼心乖巧的女孩。到底有多好呢，她把嗓門再壓低到只剩氣音，從那女孩的小學年代說起，多麼懂事的孩子啊，她媽媽從來都不用替她操心，直到現在母女兩人還相依為命，寸步不離喔，當然也就沒有經歷過什麼男女的愛情……。

她愈說愈沙啞，看來一時半刻別想等她說完，然而她霸著櫃位未免也太久了，我只好偏著頭招呼其他剛進門的客人，不料突然聽見她揚聲說：「哼，汝是不相信，抑是看不起我這老伙仔？」

為了不讓她失望甚至惱怒，我只好認真問那女孩多少歲，提醒她萬一才二十來幾，那就別怪我挑剔喔，先說好，我不吃天鵝肉，也不想在別人背後變成笑談。

她很高興我又重回主題，也頗認同我的理念是那麼謙卑，頻頻點頭表示稱許，且在這時緊緊地闔上了嘴，神祕地朝我伸出三根手指，繼而一想，大概覺得不安，總算勉為其難追加了兩隻手，而且全攤開了，那小小的尾指因而顫抖了一下，她趕緊把它摺進去，於是其餘的九根手指便浩浩蕩蕩地呈現在我眼前。然後笑咪咪地扳回她的劣勢說：「比你較少歲啦。」

蔡太太回去不到兩天，緊接著我的母親和兩個妹妹發動攻勢。二妹率先發難，直接來電對我撒野，說要糾眾包車來堵我，除非我答應見人一面，否則別想出門去上班。接著就是大妹，已經是兩個孩子的媽，語氣總算沉穩多了，「哥，不要再這樣下去了好不好？」

母親則是押後打來，說她為了這件事，決定找時間來看看我。

每次見到她，不論是在鄉下、後來的小鎮或在夢中，我都禁不住想哭。我抵擋不住這些空中的砲火來回轟炸，決定就在第三天主動聯絡了好整以暇的蔡太太，且在她欣慰又勤快的安排下，在一家飯店的咖啡廳見到了單獨前來的幽蘭小姐。

她穿一件簡便的灰色長洋裝，中等偏瘦的身材，外表看不出那年紀，但也很難說她不是那年紀。大凡人生徒長到這個歲次，眉眼間難免就有一種倉皇不安的時間感，那絕對不是因為疲憊或哀傷，總之不可能還像天真少女除了天真之外什麼痕跡都不殘留。幽蘭小姐當然也談不上美，甚而可說有點不美，幸好頗難得在她臉上有個特色，雖然臉型不大，卻在那顴骨下方延伸到嘴角上緣之處，很可愛地膨著粉粉的嬰兒頰，這很可貴，再美的酒窩也是要凹進去才美，它卻像個鮮桃那樣軟嫩地直接凸顯，一看就知道以後會是個被疼愛的人。

蔡太太交代不要問到年紀，其他沒有交代。因此我便喝著咖啡開始聊起過去從事過的一些雜瑣職類，然後再讓話題回到現在為什麼開了眼鏡行。我甚至暗示我們店裡每年寒暑假都會舉辦一些優惠活動，最近已開始進入旺季，忙到學校開課是絕對要的；至於平常淡日雖然清閒但其實不好過，每天打開門就得算計收入抵得過房租否？何況既然是租來的店面，當然每天晚上睡覺時錢照算，房東生病還是房東，我們這種做小生意的就只能配配眼鏡，但就是不配生一場病。

我雖然一再謙卑地攻擊自己，卻也不敢忽略初見面的和諧。我問她平常愛看什麼電影，對這次選舉有什麼看法，天蠍座的吧，看起來好有氣質，需要再來一杯飲料嗎？可惜幽蘭小姐好像不太喜歡談自己，她聽我說完某個段落時總是趁機喝點水，然後抿抿嘴，直到眼睛對上我的眼睛時才又趕緊避開。以她這麼拘謹的性情可想而知我們不會再有進展，這反而讓我整晚精神奕奕，反正只要漫無邊際說些話就好，人生的緣分有時就只是這麼倉促的一瞬間，若以後還能再見恐怕也是天涯海角那樣遙遠了。

當然，幽蘭小姐偶爾也會對我微微笑，尤其聽我說著生意場所的趣事時更且充滿著好奇。她的眼睛瞇起來很好看，有人是瞇起來就變成了小眼，她則只要瞇起眼睛就會顯露出一種很有意思的嫵媚。這很特別，文文靜靜的臉蛋通常不可能這麼撩人，而且看起來好像也不是刻意的。為了證實她這瞇眼的樣子是否純屬一兩次而已的僥倖，我每說完一件趣事就會像抓扒手那樣趕緊看著她的眼睛，可惜當她發現我又在看它，馬上又帶著那抹羞怯的眼色逃到我的領帶上。

「妳是不是很喜歡這個小別針？」我翻起領帶說。

她點點頭，「嗯，小小的黃菊花。」

「送妳。」我從領帶上拔下來遞給她。

她沒想到我會這麼做，又驚喜又猶豫，遲疑了半晌才謹慎地合起雙手來捧住它。於是我接著說：「妳知道嗎？我退伍當天臨時買的。當兵的時候每天看到的就是滿山遍野的這種黃菊花，因為山坡後面就是海嘛，所以我只要看到菊花就會特別想家。」

「嗯。」這次的回應更簡短，好像我說什麼她都能體會。

接著我又拉雜說了些多餘的事，說完也就忘了到底說了什麼。

我想蔡太太那邊應該就沒話說了吧，氣氛相當愉悅，誠心和誠意都做到了。人生哪次的見面不就是這樣的萍水相逢，有緣就多相聚，無緣也能做做普通朋友，若是無緣又沒巧遇，那又何苦還要在這人生曠野的悲風中鑽木取火。每個人都有自己的苦楚，我相信幽蘭小姐一定也有，想必今晚她也是拖著沉重的心情來，誰不想在青春歲月裡就擁有一生繫命的愛，誰願意那麼多年後還要勞煩一個蔡太太，好像都是被人挑剩的，何等幸運才又這樣臨時湊合起來。

幽蘭小姐把那菊花造型的別針放進皮包後，時間也來到十點了，我客套地問她是否想要早點回家，她竟然馬上說好，且已經動身準備站起來。

「我有開車，可以順便送妳回家。」

她其實有點想要答應，因為看來就是很想答應的樣子，但她卻又頓了一下，突然想起什麼而自語著說：啊，不用不用不用，真的不用。接著瞄了手錶一眼，大概又擔心我誤會，忙不迭地低聲解釋說：「剛好有一個朋友要來載我啦。」

我和幽蘭小姐便就是這樣分手的。

當我從地下室開車出來時，隔著玻璃卻還是聽見了一陣陣瘋狂的沙沙聲，這才發現外面下著很大的雨，雨刷急速橫掃後只能看到模糊的街景，這不禁使我心裡一震，很擔心今晚的見面不太完美，萬一讓她淋到全身雨，傳到蔡太太耳裡還能聽嗎？

飯店前的雨廊下擠著一簇躲雨的黑影，一輛輛計程車把人載走後，我還是沒看到幽蘭小姐的身影，想了想可能也是自己多慮了，說不定她已搭上了友人的車子離去。於是我就不再停留，準備穿過飯店大門口直接開往回家的路。然而就在這時，廊下突然有個暗影朝我的車子衝過來，猛抓住怒海中的浮木似地，匆匆扳開了後車門，跨坐進來後我才知道是個女人。她不斷拍打著身上的雨水，低著臉簡短地喊了一個模糊的路名，然後說了聲謝謝。

我轉頭一看這個冒失鬼，完全沒想到，竟然就是她。

車子當然沒開動，因為她讓我看傻了眼，同時我又想到她發現後一定會覺得很丟臉，這時我如果出聲可能就會嚇到她，不知如何是好，只有等著她先把身上的雨水擦乾。

果然她擦到一半時已發覺不對，立即抬起頭探視過來，我根本還沒轉身面對她，已經聽見從她慌張的胸臆中呼嘯而出的驚叫聲，啊的一長聲，淹沒了這仲夏之夜驟然來到的暴雨聲。

那天晚上我沒有送她回家。

然而事實卻又已經擺在眼前，兩個月後她已成為了我的妻子。

倘若要我還原那後半段的場景，或者甚至容許我選擇一個重來的人生，我想，我還是尊重那天晚上的記憶就好，其他任何改變命運的途徑對我並沒有多大意義。我寧願就像現在，面對著空空的房間等她回來。她當然會再回來，因為我們之間還沒有愛。有愛才麻煩，有人就是因為曾經愛得太深才會一去不回。沒有愛就沒有苦，頂多像我現在的心這樣空蕩蕩，活著雖然就像死了，至少還能空蕩蕩地活著。

還是先讓她上車吧，我們幽蘭小姐還困在那麼窘迫的暴雨中。

在那無比狼狽的當下，她頻頻向我道歉，很羞愧把我當成了司機而急著想要下車，然而門一推開，雨彈馬上又猛射進來。我趕緊出聲留住她，她才縮回大腿，沮喪地低下頭。問她回家怎麼走，卻還是一樣的那聲不用了。

「妳告訴我先走哪一條路就好。」

「真的不用了，我要去醫院。」

「妳怎麼了？」

「我媽在那裡住院。」

我問了哪家醫院後，把車子開到前面街角準備調頭，聽見她又不斷地致歉著。大概為了彌補這虧欠，她總算開始說起自己的事，但由於車頂上太大的雨聲，她說話的聲音大半都被打碎了，我只能斷續聽見那幾個模糊的斷句：住院兩年，癌症末期，沒有其他人，不能全職上班，每天去陪伴，睡在醫院，等等諸如此類。

坦白說，我那時的心情是有些怨怪的，喝咖啡時不早說，讓我整晚為了氣氛得體一直搜索枯腸。急著要去醫院那又何必來見面，偏偏那麼倒楣下起這種雨，這算哪門子的緣分或巧遇，簡直就是自找的困境，隱瞞到非說不可的時候都說不清了。

但也許她那些話並不是說給我聽，而是在這雨中獨自責備著自己。我從昏暗中的後視鏡裡偷偷看著她，果然發現她只對著車窗說話，整個人灰灰地縮成一團，衣服黏在胸口，邊說邊打噴嚏，肩膀一動好像又有雨水從她的頭髮濺下來。

我把冷氣關掉了。

車子像條船慢慢划過積水的街道，兩旁的商店漸次熄滅了迷濛的燈光，騎樓下不斷有人冒著雨跑出來揮車子，再遠一點的就看不見了。這個場景是多麼荒謬又陌生，卻又那麼逼真，使我不禁一陣毛骨悚然，總算讓我慢慢連結起來了——我不得不重新想起這幾天突然冒出來的蔡太太，緊接著是對我窮追不捨的我的家人，然後就是車子裡的這女人——而我們剛剛喝完了初相識的咖啡正要去醫院。

可不是我想得太多，而是該說的她已慢慢透露了，其他不能說的大概還是只能藏在她心裡，恐怕就是和我一樣的處境，被一種可笑的現實逼迫而來，終於喝下了這樣一杯暴雨中的咖啡。遲婚的咖啡就是這麼苦，喝完了還不算，一場驟雨又把兩個人關在一起。

雨還是沒命地下著，前後兩人默默看著窗外，密閉空間逐漸滯悶起來。我不知道她是否也感受到了，靜默中似乎有個哼不出來的旋律正在迴旋，像一種吶喊，卻又沒有聲音，是那種說不出來的、小心翼翼的、不想被任何人聽見的聲音。

當我看著她碎步跑進醫院大廳時，那不斷迴旋的聲音還在車上，一直到我終於不慌不忙回到家，就在轉動著鑰匙開門的瞬間，那有點哀傷的旋律總算清清楚楚穿入我的耳膜，然後直接告訴我：她需要你。

兩個月後，我看著她披上婚紗，在她母親的病房裡戴上我的戒指。

病房裡沒有很多人，都是我的家人。我母親和我岳母合照，蔡太太趕來補上一張，三個老人上百條歡欣鼓舞的皺紋擠在一起擁抱。由於我的岳母只能躺在床上，其他兩個老人只好彎身往下趴，彷彿正在嘻嚯著一個新生的嬰兒，彼此笑得吱吱叫著，一時忘了白色婚紗裡還有個流淚的新娘。

2

幽蘭也把手機帶出去了，然而她沒有開機。

自從請了外籍看護，以及由於結了婚不再勤跑醫院，她每天就開著手機追蹤病房訊息。既然把它關掉了，我想或許她就在醫院裡。

我趁時間還不晚，匆匆趕上了探病最後一班，病房裡卻靜悄悄，門縫裡瞧進去只有阿雅坐在角落削水梨。我招招手要她來到門外，「噓，小姐有來嗎？」她搖搖頭。我說我想進去坐坐，但妳千萬不要把病人叫醒喔。

阿雅似乎覺得很有趣，她們家鄉那邊大概很少有人像我這樣的神經質，竟也跟著我躡起腳來，忍忍地小聲說：「睡很久了，會醒耶。」

我擔心的就是她會突然醒來，一旦發現幽蘭不在，肯定懷疑我可能對她女兒怎樣了。她哪知道眼前這女婿也算難得了，婚禮那天比誰都著急，滿頭大汗拉著新娘趕到病房時，發出病危通知的醫生對我豎起大拇指。他的意思不難懂，只有凡人才能創造這種不平凡，我把死神嚇跑了。

岳母身上本來全都是管子，多虧了那場閃電婚禮，這時已不用戴著氧氣罩，雖然何時會再發警報很難說，但至少那愁苦的眉頭已經不再緊皺著，好像被一股欣慰的神采化開了。

我拿來一把小凳子坐在床邊，順便等著她的女兒會不會突然走進來。其實我很想告訴她，一切都是陰錯陽差，只因為剛好那天晚上下著雨，我才有機會見識到三十九歲還那樣孤單無助的幽蘭小姐。那是我第一次感覺到自己被需要，而被需要是那麼重要，我還不曾看過一個人被需要時能夠無動於衷。畢竟被需要與被愛不同，被需要是一種活下去的價值，反而愛或不愛才會使人想死。

我也很想讓她知道，這麼多年來，曾經對我表態的女性不知凡幾，而我都錯過了。我曾因為不小心瞄到咖啡桌下那雙美腿只是多了幾根腳毛，馬上就說不出話來。我也遇過那種閉月羞花的女人，只因為她握筆寫字的樣子很怪，後來就沒有再見面。也曾經有個難得愛看書的女生，整晚一直說著村上春樹，我也覺得非常討厭。我還碰過一個大手筆的媒人，一次帶來兩個雙胞胎，坦白說她們的母親一定是個大美人，我隨便挑個姊姊或妹妹絕對都是上選，可惜那種壓迫性的美又讓我想起往事，當場我也退卻了。

男人的愛一旦曾經被糟蹋，他很可能就會在那種傷痛中度過殘生，而不是再去糟蹋他所不愛的女人。我想表達的是在我眼中，幽蘭小姐並不屬於愛或不愛的那種典型，她是以她純樸的笨拙以及一種使我相當心疼的憂愁打動了我，也就是在那暴雨的當下，她讓我看見還有人和我一樣的困境，那已不再是緣分與否的問題，而是命運。

在我旁邊的阿雅靠著沙發床快要睡著了。

其實我也覺得對一個生病的岳母說這些話太過荒唐，人生還有什麼非說不可的呢？有些事一說出來就不能藏在心裡了。

於是我又默默地走出病房。

醫院幾乎就是幽蘭暫時的娘家，我已想不出她還有什麼親人。

她只有兩個常聯絡的好友，一個卻已嫁到國外，另一個住在偏遠的島嶼之南，剛好都是一時半刻她無法到達的地方。那麼，她所謂出去走走應該就是不用搭車的距離，那又何故留著衣服只帶走牙刷，未免太詭異，根本猜不出這是什麼想法？

我離開醫院後特別繞到廟宇末端一個荒涼的廢墟，幽蘭曾說很多年前那裡是個富豪家族的宅第，一場火災後連圍牆都已塌光了，只剩幾棵燒焦的老樹苦撐在空曠的庭院裡飄搖。她有一次去廟裡祈福順道經過那裡，才發現其中一棵枯木已爬滿了從旁寄生的攀藤花，從此她只要假日有空就會去那裡藏身，有時坐一下午也不會遇到人，黃昏時才拾起書本走回醫院。

廢墟的夜晚是更幽暗了，我卻忍不住就在幽暗中小小聲喊著她的名字，死靜的四周無人回應，只有腳下的落葉不斷被我踩碎的聲音。我不知道她為什麼常來這種地方躲藏，她的過去難道和我部分的記憶是重疊的嗎？若是真的這樣，我們最終還是會再來到同一條路上吧？

我從原路退出來時，不知道為什麼，心裡一陣陣苦澀的惆悵，這時我才發覺我們雖然沒有愛，卻有某些看不見的東西都被她帶走了。一個人本來還能簡單過日子，兩個人突然變回一個人就很難了。

我不禁開始自責起來。閒聊中我那無心透露的羅曼史可能傷到她了，本來以為既然結了婚，說說自己的小事應該無妨，何況那也只是個完全和她無關的女人。我怎麼知道女人最在意的還是女人，也許就因為那女人和她毫不相干，反而引起她更多漫無邊際的猜想。

我真該告訴她，故事歸故事，有些說不出來的，就算放在故事裡也說不出來。或者既然已經說起了故事，我就不該截頭去尾而讓她徒生錯誤的想像。她寧願和我關在午後的房間裡，應該不是那麼想要聆聽我的羅曼史，總該還為了某種她自己也說不出來的什麼，譬如藏在她心裡的疑惑：我們這樣的婚姻可不可靠，能有多久，會不會只是個玩笑，你突然和我結婚是因為對我的同情嗎？

很有可能她會這麼想，畢竟這男人對她來說太陌生了。

四天前在病房裡拜別她的母親後，大家馬上拖著她趕赴餐宴，一桌坐不滿的親人中，雖然每個都和她見過面，但也只見過那一面，難怪看著她就像看著一個鄰人剛搬來，想要對她好不知從何好起，只好張口結舌，個個繃著一張臉無聲地笑著。而終於穿著紅衣服的我母親，只顧對著幽蘭稱謝，滿臉都是那些擦不乾的淚水；兩個妹妹則頻頻對我擠眉弄眼，大意是要我多說話，不然就是盡量夾菜給新娘。

後來當然還是勞煩了蔡太太幫腔，她趕緊穿插了幾則來路不明的新婚趣談，總算把這其實充滿著祝福的生澀場面撐到終於苦盡甘來。

然而幽蘭的生疏感卻到曲終人散後還沒鬆綁。明明已經調暗了房間裡的燈光，她的眼神並沒有跟著暗下來，反而炯炯地瞪著天花板，時而對我的動靜一眼又一眼偷偷地看著。我只不過脫掉了熱死人的西裝外套，她已經把手掩在睡衣領口上了，光這小舉動就升高了房間裡的緊張，彷彿敵人已來到城下，還等不到誰來通知她是要關城門還是喊投降。

她的生疏還不只這樣，身上的衣物雖然後來還是脫了，卻又趕緊轉過身背對著我。說她羞怯其實又非常嚴謹，彷彿防備著旱季的深井被盜取，一手護在胯下，一手擋住胸口，說她抵死不從也許稍誇張，但那一副僵硬緊繃的模樣看起來真的就是要抵死不從。

我們雖然並不是為了這種事而結合，然而不做這種事又能如何一起走進哀樂的人生。她似乎也明白這個道理，後來也就順從地轉過來倒在我的懷裡，可是也就那樣靜靜躺著罷了，什麼動作都沒有，就算要她靠近再靠近還是撩不起那種擁抱的激情。

而當我總算進入她的身體，聽見的卻是一聲短促的「喔」。隨著我每次的動作，她也明確而僵硬地再哼一聲「喔」。沒有什麼情緒的喔，就像一聲聲事不關己的痛，彷彿那是別人的身體，借她的嘴喔喔幾聲不知如何是好的無奈。

我無意挑剔床笫間這種不對榫的窘境，何況這種事也不可能對外人說。任何一個男人儘管好議論或愛吹噓，總把家裡的房間事當成一種禁忌，畢竟這與男人在外狎妓萬不相同，夫妻間的親密或疏離都屬於男性的尊嚴領域，很少有人會在茶餘飯後拿出來洩自己的底。

像幽蘭這樣對我如臨大敵的姿態，被人知道了還以為我們賣弄著假兮兮的浪漫風情。實則從她那樣異於常人的畏懼，我暗暗為她感到一種非常不捨的悲哀，雖然她有多少不堪往事是我無從想像的，但我能確定的是她不曾有過青春少女的快樂時光。

我很想她。

我離開那處廢墟後，車子停在一家速食店的空地上，開始沿著人多的馬路到處走，一路上只顧著迎面而來的臉孔，也一直想像著走在前面的那些背影是否就是她。我走了幾條街後才發覺又來到醫院門口，只好回頭再去找車子，然後慢慢開車回家。

在那茫然的亂走中，我打定主意，等她回來會把故事好好說完。

我當然會略過早逝的父親，也不打算訴說鄉下的童年，畢竟窮苦人家的潦倒大致相同。為了生存，我們搬到鎮上。陽光照不進來的屋簷下，我母親擺著麵攤，而我幫忙照顧兩個年幼的妹妹。故事是否要在這裡打轉，我還不確定，畢竟生活的困頓遠比想像的還多。我母親在那當時還算是個年輕的寡婦，因而只是一個小小麵攤就引來了很多喜歡裝醉的男人。我應該不必敘述自己的母親是多辛酸，沒經歷過辛酸的女人不可能會在老後變得那樣慈祥。我倒是願意說說那兩個淘氣的妹妹，她們上了高中還像個小小孩，每天醒來卻要先趕到公路局車站，搶在第一班巴士發車前把清潔工項做完。因此，天未亮我就騎著一台經常拋錨的摩托車載她們，矮個子的二妹擠在中間，大妹坐後面，她負責披一條防水布緊扣在我肩上，一路隨風飄揚躲警察，也因此度過好幾年那樣颳風下雨的冬天。

那時我已休了學，回到鎮上兼了兩份工，每晚做到深夜還是惦記著趕回家寫信，寫著孤單的窗邊長長的信，寫給我一直離不開的那女孩，她繼續留在我休學的城市裡念大學，而我只能寫信思念，一直寫到入伍通知單終於寄來。

就在畢業那年夏天，她總算決定趁我當兵前要來見我一面。

幽蘭最想聽的、而我其實最不想說的，當然就是這裡。

我母親那天早早收掉了攤子上的麵菜鍋盤，兩個妹妹也穿上了新買的裙裝，老木頭的樓梯在那天午後被我們蹬得咚咚響，跑上跑下的一家人頻頻對撞在狹窄的梯間裡，一個個歡天喜地不知如何地傻笑著。時間愈近就愈緩慢，慢得屋角四周完全靜下來，只剩眨呀眨的眼睛彼此對看著，然後又嘻嘻傻笑著。即使二十年過去了，那幾雙眼睛依然還在我的傷痛中閃爍，像一隻隻蜻蜓的薄翼來到冬天的枝條上顫動著。

幽蘭昨天聽到的，有關那沒頭沒尾的羅曼史，說的就是那女人。

故事裡的她就要出現了，就要從我們小鎮河邊的路口走過來了。

那是我們相隔很久之後的見面。也是最後一面。

嗯，我就是知道她會回來。任何一種離開至少都有最後一次的回來。

只是我沒有想到會在接近凌晨的這深夜，開門動作很輕，用腳尖進來，停在小玄關望著漆黑的房間。房間和她出門時完全一樣。只有我不一樣，我回來後一直清醒著躺在床上，使她誤以為無聲無息的我不會醒來。

她沒有擾動空氣，這是她的心意，而且她也沒有開燈。

她可能會先走進浴室，也可能只是回來拿件衣服。那麼，她將會走到床後面，那裡緊挨著小小的塑膠衣櫥，裡面吊著秋天的夾克，和兩條裙子，還有幾件疊在一起的短夏衫。如果她想喝水，我已煮好了水。只要暫時不讓她知道我在等待，這就能給她慢慢摸索的時間，她坐下來喝水的時候還能想想自己或想想我們，想想我應該怎麼做，或者我們應該怎麼辦？

結果她和我想的不一樣，只像個沮喪的小偷看著空無一物的房間，或者也同時看著我。我倒是不擔心被她注視著臉，闔著眼睛應該就不會洩漏感情，而且我相信眼皮的顫抖不見得也會在黑暗中顫抖。

這時她卻悄悄挪身過來了，突然隔空把她的臉停在我的胸前。我感覺不到她身上的重量，她忽然沒有了重量，只用她的髮尾輕輕滑過胸口，沒有發出任何一點點聲音。

也許我應該睜開眼睛了。但我真的很想她，我很怕一睜開眼就中斷了我對她的想念。萬一她只是回來道別的呢？何況我自己還在悲傷，滿腦子都在整理著即將讓她知道的往事，如果毫不猶豫就起來面對她，這將使我來不及脫離故事裡的悲傷而忍不住流下淚來。

我應該先弄清楚她要做什麼？通常有一種離別是用輕微的探觸來表達不捨的內心，然後拎著行李走出家門；也有人是因為絕望，因而只是完成一種儀式性的抱別，從此不再有任何牽連。我不知道她這舉動屬於哪一種，這使我更加難受，儘管我很想要翻身起來抱住她，可是我又懷疑她並不想要那樣，也許她真的只是回來換一件衣服，很快又要從這裡走出去。

但此刻她似乎已經撐不住身體的重量，耳朵就像聽診那樣地緊貼下來了，然後是她的臉，那鮮桃般的臉蛋竟然冷得像一塊冰，像冰鑽那樣震到了我的腳底，把我全身那些頑固的、連自己也非常討厭的神經一下子驚醒了。

「對不起，把你吵醒了。」她對著我的胸口說。

我準備起身開燈，她說不用了。

「你知道嗎？現在是十一點五十九分，還沒超過一天，我趕回來就是要讓你知道，沒有超過一天都不算離開。我本來一直想要離開。」她用哭過的聲音繼續說：「可是最後我還是想通了，你無緣無故對我這麼好，我不應該太任性拋下你，除非你也希望我這樣。」

我還是很想開燈，不太習慣沒有看著她，這會讓我覺得是在黑暗中對著某個陌生人。但她按住了我的手，「我自己好可怕，好悲哀，下午的時候竟然想到我媽為什麼還沒死，如果婚禮那天她就死了，我就不怕被她發現是不是離婚了啊？」

說完她放聲哭了起來，早就哭過的聲音已不堪再哭，哭得壓在身上的重量起起伏伏地震動著。而我被她按住的手卻開始發抖，大概是連著她的顫抖一起發作的，只好趕快反手過來緊緊把她握住。

然而她並不期待我回答，仍然用她哽咽的聲音說：「我一整天都沒有離開這裡很遠，就一直走在路上，看到的人好像都是寫信給你的那個人。我沒看過她的長相，就更懷疑每張臉孔都是她。你知道我在說什麼嗎？就算你已對我那麼坦誠，但我怎麼知道你的腦海中已經沒有別人。如果我決定要回來，你是不是應該答應我一件事，帶我去找她，只要讓我看看她的樣子，哪怕只是遠遠看到她，我相信以後我就不怕了。」

「我真的不知道她在哪裡。」

「在海邊。」她說。

3

幽蘭一早忙著午後就要出發的行程，我已答應由她做主。兩個月來還不曾看到她這麼有精神，真像個快樂女人，除了準備路上的點心，還帶了兩頂遮陽帽、一瓶防曬油以及梳洗用品，簡直就是出門度假兼野餐。

我們沒有開車，她選搭火車，終點站卻沒有海。

「到台北再租車，這樣明天去海邊才方便。」說得有道理。

我不知道她那麼喜歡搭火車，一路專注著車窗外的景色，一看再看還是那些綠色山脈、方方的水田以及時不時從她頭上的天空飛過的鳥群。偶爾火車慢下來即將靠站時她又東張西望，很好奇那些跑來跑去的小販賣著的東西。火車進入山洞則是她最期待的，一百年沒搭過火車的女人，眼睛先閉起來，急著又張開，黑暗中緊靠著我，過山洞後才又縮回她的肩膀。

「以前最怕這種黑，緊張得好像快要撞到山壁了。」

說著笑了，然後等著下一個山洞。明滅之間的車廂玻璃映出她的臉，那是微瞇起來的倒影，像在奔馳中偷偷地和我道別。一個又一個山洞。一個又一個倒影。她使我想起有一次在某個女生宿舍樓下的等待，只不過就是等待著那女生從樓上走下來或是剛從外面走回來，別無所求的我，只等著那一場冷戰中她能給我一點點笑容。

是這樣諷刺，二十年後的幽蘭要我一起去找她。

「你放輕鬆嘛，就當作我們去拜訪一個朋友。」

「我給妳名字，上網找她說不定比較容易。」

「那不一樣，是我們一起去，一起。」

出門前她是那麼認真，那麼愚蠢的天真，明知那是沒有地址的海，還是堅持要從海邊找出那個人。我隨她的意，昨晚在她的哭泣中答應的，除了去海邊，我還答應把更完整的故事說給她聽。既然注定是個什麼都沒有了的故事，說了出來又能再少掉什麼，只要她不再那麼莫名消失就好，走了一整天的路，不就是和我一樣的無路可走，那又何必還要走呢？

火車穿過所有的山洞後，她果然不忘回來自己的軌道上，慢慢打開了料理店的盒子，夾了一塊壽司塞到我嘴裡，自己也津津有味地聳聳肩，然後振奮著說：「好了，開始說故事囉，我好想聽。」

嗯，說故事。男人只剩下故事，大概就像一棵老樹只剩下枯枝。我還是相當懷疑她是否真的想聽，她想聽的應該還是那段語焉不詳的羅曼史，畢竟那裡面只有別人，她的困境終究還是在我身上，否則不會走了一天又走回來。

好吧，說故事，但願能說得節制，聽起來不再悲傷的故事。

我開始說了。我先讓她知道河邊那間房子，畢竟那是我們住得最久的地方，自然也是故事的終點，不像別人的歡樂都沒有終點。我們住的是一間老舊的磚屋，上面搭著夾層木造房的違章建築，由於房子後面一小部分跨著河岸，遠看就像一間隨時會掉進水裡的吊腳屋。

然後說起了賣麵的母親，兩個當時還那麼幼小的妹妹。

那樣困頓的歲月裡，我們一直熬到兩個妹妹從清潔工變成了車掌。大清早我還是騎著愈來愈老的那台摩托車，讓她們趕上往南或往北的第一班發車時間。然後，我停著不走，遠遠站在騎樓下聽著她們驕傲的吹哨聲。有時二妹會邊吹哨子邊瞟著我眨眨眼，大妹則老是把哨子吹得很急，然後用她另一隻手頻頻往後朝我甩動，無聲地大喊著快走啦、快去上班啦那樣的神情。

火車即將抵達台北時，雖然故事早已說完，我卻還保留著幽蘭她最想知道的一段，那也是任何一個生命都會無言以對的羞恥與黑暗——那女生終於從河邊那個路口走進來了。

幽蘭這時不再瞇著眼睛，不知何時她已揪緊了雙手。

那天午後，我母親忙著把一直雀躍著的妹妹攔在樓下，不讓她們跟著上樓湊熱鬧。我母親在那當時只顧著內心完全充滿的喜悅，根本沒有察覺我那微弱的愛其實正在被瓦解。嗯，那女孩爬著灰暗的階梯時，我就知道了，爬得很慢，我很想回頭拉她一把，然而我的手就是撈不到她的手。

當一個人不被需要時，連一隻手也不會被需要。

但我還是繼續滔滔不絕，爬到樓上後，我告訴她每晚坐在哪裡寫信，每晚想她時坐在哪個窗口遙望著河岸淒迷的燈光。後來我還示範了一個東西給她看，那是我自己設計的一種類似火箭筒的拋線器，只要一按鈕就能把整組的釣線和蟲餌準確拋到下竿地點。我驕傲又謹慎地讓她知道，這個獨門釣技來自孤獨深處迸發出來的靈感，就是它陪我度過了那極漫長的孤單時光。

我以為她會喜歡。當我們想要盡全力愛一個人時，我們甚至連最卑微的也會奉獻出來。當時的我就是這麼想的，是那麼興奮地想要和她分享。因此，就在她疑惑的眼神中，我把整組釣線拋射出去了，接著把釣竿的握柄固定在窗台，然後開始等待著竿頭上那用來測知魚訊的小鈴鐺，期待它真的就在這個時刻，或只要再過幾秒，或者遲早總是會來到的某個瞬間，終於在她耳邊叮鈴叮鈴響起來。

「那是最難熬的寂寞，鈴鐺一直沒有響，我們也沒有說話。」

幽蘭聽到這裡，緊緊地握住我的手。

「我母親和兩個妹妹都在樓下等，雖然我也不知道她們到底是在等待著什麼，但空氣中就是飄浮著一種快令人沉不住氣的死靜，好像即將發生什麼，又好像其實已經全都發生了。而我那最小的妹妹，竟然滿嘴還在小小聲催促著：「快響啊、趕快叮鈴叮鈴響啊、快快響起來啊……。我在樓上都聽見了。」

「後來呢？」

啊，後來。「後來我們四個人就看著她的背影離開。我母親推我一把，要我趕快上前陪她一起走到車站。但很奇怪，那天下午不論我多麼想要走快一點，兩條腿就是沉重得跨不出去，那時我就是知道，她已經走進一個非常遙遠的世界，從此不會再來了。」

這麼不像話的故事，幽蘭還沒聽完已經噙滿淚光。

車站附近有一家很老的小飯店，我們投宿在那裡，由於設備十分簡陋，樓下也不再供餐了，卸下行李後，我提議出去外面走走。

幽蘭對這熱鬧城市相當陌生，這使我覺得自己還能揮灑，我除了讓她知道沒有念到畢業的那所大學，還指給她看以前的書店一條街、歷久不衰的補習大樓，以及我不說當然也不知道的二二八紀念公園。

我還提起那年隨著部隊移防回來時，從基隆碼頭下船後就是乘著軍用卡車經過這個城市，那晚的自由空氣清新無比，滿車都是蠢蠢欲動的禁錮與渴望，唯獨那時的我已經沒有夢，兩眼緊閉在蕭瑟的風中，只等著卡車跨過大橋後把我那些殘存的記憶帶走。

「那時你已經每天晚上穿著襪子了嗎？」

她問得太過突兀，這問題使我啞口無言，幸好附近正在挖管線，就算回話也是滿口的噪音。我們繼續走，來到一個安靜的小公園，我指著一塊招牌告訴她，「我們預約的租車公司就在那裡，明天不能睡太晚喔，第一站先到宜蘭，往東大概只能開到附近的鼻頭角，太貪心就跑到花蓮去了。其實只要不離開台北太遠，北海岸還有很多地方都可以走走，金山、淡水那邊也有很多景點，反正到處都是海。」

「這樣就能找到她？」

「妳想想看，大海撈針能找到什麼？」

「那為什麼要來，昨晚你應該拒絕的。」

我真想告訴她，不知道為什麼，我只有對她不會拒絕。一個女人趕在半夜裡回來哭泣，總有她說不出來的愛與不捨，否則她就不會回來了。如果她真的就是最後的伴侶，我還有什麼理由要拒絕她。

我擔心她的情緒又低落下來，難得已把故事說完，她對海邊那女人的印象該也不會好到哪裡，接下來只要不再讓她無故離開，這倉促的婚姻差不多就能否極泰來了。

於是我接著轉移話題，開始吹噓我的眼鏡行。我相信只要特惠活動繼續趁勝追擊，明年或者最慢後年，至少也是不久的將來，我們將會擁有一間真正屬於自己的房子，那時妳愛怎麼布置我們的新房都隨妳了。

我說了這些卻沒有奏效，她竟然又提起了襪子。

「你知道為什麼我突然想要離開你嗎？」

「我不知道。」

「襪子，你一直穿著襪子。這種八月的夏天，不分日夜，你連睡覺也穿著襪子。我想了很久，一直想不透，到底那是什麼陰影，讓你又穿襪子又作噩夢，睡到一半突然坐起來，好像就要套上鞋子跑出去了。我不敢問，但是又很害怕，一直穿著襪子不就是隨時準備要跑掉嗎？」

「穿習慣的襪子，就像穿著睡衣一樣。」

「不一樣。小時候我父親每天都揹著賭債，經常半夜叫醒我們趕快逃。有一次冬天，我來不及，因為找不到襪子……」

「來不及？當時妳就應該先跑再說了。」

「襪子不是很重要嗎？」

啊，到底多重要的襪子？

「討債的人堵在我面前，問我在做什麼？我說我在找襪子。他說要不要幫妳找，我跟他說不用了，可是這時他突然蹲下來，把我身上的衣服一下子拉到肩膀下……」

說著紅了眼眶，沒有看我，看著人來人往的街道，「你一直脫不掉的襪子，是不是就像留在我身上的陰影，如果有一天你也突然說要離開我，我想我還是會一樣來不及……」

我們這時還在路上，路上的人影全都模糊了。我沒有想到她會說出這樣的事，說著說著卻又沒說完，突然轉身過來靠在我的肩膀上，眾目睽睽，只好把臉鑽進了我的臂彎，然後哆嗦起來。

都該怪我，都是我的襪子所引起。竟然只因為一雙取暖的襪子。然而就算剝掉了我的雙腳，我相信那種冰冷的感覺還是會流竄全身，與其那樣，穿著襪子總能想像它能帶來溫暖，即便有時還是抵擋不住那種來自愛的悲哀。

那麼，幽蘭應該也是一樣的吧，沒有人知道的痛永遠是最痛的，難怪煎熬多年後那件事還在心裡糾纏。我匆匆抱緊了她，說不出什麼安慰的話，也不知道是要怎麼安慰，只能壓抑著內心的震驚，無聲地在她背後猛點頭。

一切都明白了，我心裡說。

在這擾攘的街聲中，沒有人聽見她說了什麼。不被聽見的內心永遠都是孤獨的。或者就算被聽見了，由於只是關於襪子而已的事，也就無關於任何人了。

就只是她的襪子，和我的襪子。

我們後來沒有用餐就直接回到飯店，由於一種忽然來到的傷感，兩人都不再說話但也不覺得應該說話。空氣中已經沒有那種生疏的氣味，我看見她匆匆擦掉了淚水，轉身過來讓我看著她破涕為笑的臉，那麼一副想要非常勇敢的樣子，眼睛又微瞇起來對我笑著，像要讓我知道一切都過去了。

「對了，」她突然說：「點心都沒吃完，就當作一餐好嗎？」

她看我猛點頭，渾身一下子輕快俐落起來，忙著拿出袋子裡的那幾樣東西，這才發現窗邊的小圓几雖然可以擺放，卻只有一張茶椅。我以為她會要我去坐在那張椅子上，而她就像前天聽著羅曼史那樣走來走去。結果她並不這樣了。她指著旁邊的床，然後看看我。或不如這麼說——她指著我們前幾天去過了卻很快又折返的黯淡的桃花源，然後看看我，等著我來表示意見。

於是，幾分鐘後，有點沉重卻又那麼喜悅的衝動中，我們來到床上了，兩個人靠攏著兩雙腿，上面鋪著白浴巾，就這樣歪歪斜斜擺上了冷飯糰和可樂餅之類的小點。

那麼寒酸的一點點晚餐，最後還是沒有吃完，吃到一半就把它挪開了。

結婚以來，認真說來，我們第三次擁抱，在這兩百公里外的異鄉。

我一次又一次摸索著她不曾那麼柔軟的身體，也非常訝異她能完全裸裎而且不再畏懼，她曾經找不到的那雙襪子，好像在這一刻終於找到了。穿不穿襪子本來就是無關於苦難的，然而人生的苦難往往就是留下最小的象徵而成為永遠的傷痕。

我一直親吻著她圓潤的臉頰，難得看著它回復了鮮桃那樣的紅。她的眼睛則從一開始就緊閉著。其實我也知道當我貼在她的身上，她不可能沒有偷偷睇著這男人的汗背或者略灰的頭髮，或者至少悄悄觀察著這傢伙是否真心愛她。我倒是希望今晚她就一直緊閉著，就像她所害怕的山洞那樣，所有的歡愉不都是來自漫長的黑暗嗎？她最害怕的應該也是她最想要穿越的，就像現在一樣已經穿越了。

整晚再也沒有那一聲聲無心無意的「喔」。

洞房那夜她用別人的身體，今天晚上她以她自己。

我們起得晚了，趕到宜蘭只來得及簡單的午餐。

幸好她沒有抱怨，不過也蠻訝異她沒有抱怨，她似乎已經忘了為什麼今天要來海邊。午餐後的遨遊中，海邊的高丘上不乏那些岩灰色或藍白相間的度假別墅，她卻一點都不認真看，只在有意無意間掠過了幾眼，那飄忽的神色甚至是帶著敵意的，一陣風吹來就把她的注意力吹散了。

比起火車，看來她更喜歡沙灘，一下車就連跑帶跳直奔大海，遠遠站在沙灘的末端等著浪潮來，卻一看到小小的浪花就急著往回跑，於是只好繼續等潮來，然後又繼續躲浪花。

我穿著鞋子，當然也穿著襪子，一來就蹲在乾沙上看著她所追逐的海。沒有風浪的海是多謙卑的海，就因為那麼平靜才讓我看見了那些船，一艘又一艘從我的視野中漫溢而去。

我沒有趕時間，就一直看著她往前往後地跑跳著。我完全沒有想到她會這麼喜歡沙灘，不知道有沒有人只喜歡沙灘而不喜歡海，沒有風浪的海才像完美的戀愛，我自從碰到風浪後就連小小的沙灘也非常不喜歡。

不喜歡沙灘的人大概連其他什麼都不會喜歡了。我的世界也就剩下眼前這個躲浪人，像個笨蛋那樣地空跑著，真懷疑她跑到現在根本還沒有沾到一點點海水，膽子那麼小，裙底都被那些螃蟹看光了。

為什麼昨天打算離開我的時候只帶走一把牙刷呢？到現在我還找不到機會好好問她。我是一定要聽她親口說出來不可的，難道我的牙刷真的不配並排著她的牙刷？

先讓她跑累了再說吧，笨蛋才那麼喜歡沙灘。

瞬息

電話那邊很安靜，躲起來的安靜。

蘇太太，不好意思，有一件事，我想還是應該讓妳知道……。他住院了。嗯，我要說的就是這件事。主治醫師已排定時間，可能明天就會動手術，有些東西他可能用得到，我看是不是要給妳地址，我把鑰匙放在門口的花瓶下面。妳知道我的意思……。

蘇太太不知道她的意思。

她沒有見過這個人，沒有聽過她的聲音，只能憑直覺，或更甚於女性某種特有的纖細，一種悲哀的警醒，這才意會過來：哦，住院了，而這個女人正打算離開……。

她聽著電話抄下地址，像被通知的失物招領，錯愕中沒有一絲驚喜，甚至很想告訴對方說她不要了，卻沒想到對方也不想保管，才有這樣突兀的電話，沒說完就馬上掛斷。

她看看時間，起來又坐下，想不通現在要去哪裡，失去的是全部，領得回來剩下多少？想起兩年前那些夜晚，還沒睡的時間她都在找他，開著車子繞盡城市，就是沒想過電話中這個縣市交界的地址，只記得那邊一直都是稻田，入夜後才有河岸幾盞燈，一般車輛都是匆匆開過橋面，有誰想得到沿岸才是他藏身的地方。

這才發覺忘了問清楚他是為什麼住院？去年還曾見到他，帶著禮物來慶祝兒子升大學，看不出有什麼異樣，一頓飯後還在路邊點起了香煙，健康得很，問她過得好不好，幾口煙霧噴完後就回去了。

他在家裡的最後那段日子，還不如去年那樣神采飛揚，每天悶不吭聲，有時爭執兩句就出口傷人，原來心裡都是外面這女人。剛開始她並不知道，怎麼會知道，以為那只是男人到了中年就有的憂鬱，因而對他特別貼心，時不時為他上廟祈福，半夜醒來不敢輕易翻身，生個病打個小噴嚏也要緊緊摀在棉被裡。

直到兩個月後他的生日，替他買了蛋糕，回到家才發現手上只剩兩根蠟燭，想了又想就是不知道蛋糕忘在哪裡，回到店裡去找，就從撲空的那一刻，她才發現那些撲朔迷離的憂鬱原來都在自己身上，是她自己病倒了，反而他一點都沒事，醞釀著婚姻多麼苦悶而藉口搬出去罷了。

蘇太太爬上公寓，門口果然有個瓷花瓶，底下壓著一個銀色小圈環，就那麼孤零零剩下一支鑰匙，看來其餘的都被拔掉了。她推開門，半堵玻璃牆把她擋下來，牆後暗暗一組兩人小沙發，坐下來剛好對著隔間櫃裡的迷你音響。她以為櫃子後面才是真正的天地，推進去才知道偷來的世界竟然是那麼狹窄，兩個枕頭，一床凌亂的被單，衣架只剩兩件他的襯衫，鏡台上躺著幾個髮夾和一些空瓶罐的倒影。

男人的愛欲原來這麼不堪，急著搬出去，就為了這樣搬進來。

她不知道自己要來拿什麼，有什麼是他住院用得到的，家裡還有他的衣物，盥洗用品也是隨處買就有，想想總算明白這女人像是在託孤，免得一走了之沒有人發現他的生死。

蘇太太痛心的倒已不是眼前這些了，她看了又看，頗訝異這屋裡竟然找不到一本書，這讓她最難堪，以前家裡到處都是他的藏書，什麼時候開始他已不再看書了，原來性愛都是用不到書的吧，光是滿腦子那些狡猾的學問就足夠將她拋棄。

住院手續辦妥後，蘇君被安排進來這間兩人房。

本來想要有個靠窗的床位寫封信，可惜已被預訂，只好將就在病房口的浴廁旁，想想也就忍耐幾天而已的事，何況已沒有病床了。他躺下來，喚了幾聲曉莉，表面上要她把隔床的拉簾圍起來，其實只想確認她還在不在，剛剛下樓後應該不可能再回來了。

當她低著臉，說要到地下街買些東西時，那一瞬間他就知道了。

這樣的分手是最自然的，否則真不知道怎麼讓她走。病徵陸續出現後，開車的時候最明顯，一路亂影交疊，兩眼睜到最大還是看不見清晰的畫面，當然無緣無故就把路邊的車子撞上了。類似的這種狀況都需要解釋才能讓她聽得懂，然而一旦經過解釋才分手，不就害她承受無情的罪名嗎？

一直拖到幾天前，蘇君發覺不論說話多仔細，連自己也聽不清，這才開始感到惶恐。明明想好了完整的句子，說了出來卻就是顛三倒四，只好嘗試著用短句，甚至只說一兩個單字，逼不得已到最後，不忍看她茫茫然掉著淚，只好指著自己的腦袋，學那醫生的口吻說：「拿出來就好了。」

聽了果然是尖叫起來的，「什麼拿出來，你到底怎麼了？」

繁瑣的術前準備事項開始了，護士進來抽血，另一組人忙著量體溫填紀錄，掛上點滴液，再來又是衛教人員要找病人家屬，找不到人只好直接對他交代又叮嚀。隨後實習醫師也來問了些狀況，告訴他明天的手術可能稍稍延後，但是最慢也會排在上午第三刀。

所有的例行公事做完後，病房裡靜了下來。

窗外還有薄暮的微光，再過不久就要暗下來。蘇君闔起眼，不敢睡，趕緊又睜開，想到那封信還沒寫，萬一手術後醒不來，或者醒來後直接墜入黑暗的深淵……

鄰床病人這時被推進來了，床邊的儀器啟動後嘎嘎叫著，幾個跟進來的女生圍在床邊嘰喳不停。病人嗓門大，聲音粗啞，斥著坐上床緣的女生壓到了他手上的針管。

「急診為什麼還要住院嘛，醫生是說你怎樣？」

「肚子痛那麼久才來，難怪不放你走了。」

「還好不是痛到喉嚨，不然後天怎麼唱那兩場。」

「哥哥，你千萬不能死……。」

乍聽都是關心，卻在笑笑鬧鬧中進行，聽起來大概不嚴重，反倒像是一群人來郊遊。蘇君下床拉上簾子，卻還有人陸續進來，窸窸窣窣地掏著什麼紙袋，沒幾下響起了互相爭食的笑聲。聲音最嗲的那個女生說，哥哥也吃幾塊嘛，我看你沒事啦，嘴巴張開，嗯……，好不好吃？

蘇君這才發現，病人到現在一句話都沒回答，就讓她們嬉鬧著，頂多零零碎碎指揮幾句，要她們小聲別吵到人，先來的先回去，吵死了，不要再說了。

「好吧，那要不要抽籤，看誰留下來，不然他怎麼辦？」

「自願的優先，那就是妳啦。」

「我才不要，到了半夜他會動手動腳。」

「哥哥，你千萬別答應，我們會很擔心耶。」

「都滾回去，我好得很。」病人總算回答了。

「真的假的？我摸摸看。」

「……」

「要死了，吃了什麼藥，肚子痛怎麼那裡會腫起來……」

蘇君大致聽懂了，病人是個歌星，吱吱喳喳的這些女生跟著他跑場。

又一陣笑鬧後，有人竟然打開啤酒罐，那骨骨的咀嚼聲混合著啤酒泡沫的打嗝聲，總算讓他聞到了鹽酥雞的味道。這時天已全黑，她們把頭上、床邊兩側的燈光全打開了，顯得他這一床更加冷清起來，半透光的簾外都是人影，一個個渾圓的小屁股深入淺出地印在簾子上晃動著。

後來清潔婦送來了蘇君今晚的飯盒，發現這群麻雀還在嬉鬧，出去後大概通報了醫務人員，經過一番勸說後，鄰床這個開心派對才收斂下來。

探病時間過了，難得腦子裡還清醒，蘇君不想放棄那封信，想到手邊沒有郵票信封，到時一定也找不到人投遞，只好乾脆寫進筆記本，反正以後也就只有她看得到了。

隱隱然的悵惘中，婚後二十年，第一次寫下妻的名字。

然而剛提筆，一顆心馬上跌落谷底，同樣就是兩個字，婚前用來呼喚，此刻卻是用來交代不堪的自己。除了表達他的歉意，想來想去總算想到比較豁達的說詞：他為她感到慶幸，分居或許是對的，到頭來一樣就是個沒救的人，何必再為他傷心⋯⋯

這時卻又有人悄悄推門進來了，簾下躡著兩雙腳，從他這邊撩起簾縫瞄了一眼，發現不對趕緊放開，很快又轉到隔壁的病床，一看之後馬上嘿嘿笑著大聲罵起來。

「幹，原來躲在這裡，以為你偷渡出去了。」

「裝病有什麼意思，坐起來，交代一下。」

蘇君以為又是來笑鬧的，卻已聽見病人的哀嚎，手腳好像快被他們折斷了。他看不到這兩人的惡形惡狀，只聽見又一疊聲的三字經，罵夠了，大概掏出了借條之類的舊帳，歌星悶悶地發出唔唔唔的聲音。

「什麼病？」

「明後天……大概就可以出院。」

「什麼病？」

「醫生說要檢查胰臟，也有可能只是腸胃炎。」

「那我們是不是後天再來？」

「很快就出去了，我會直接去找你們。」

「好，你說的，雖然是他媽的第幾百次……。」

他們哼哼一陣冷笑，雖然繼續撂著狠話，已不像剛才那麼大聲，後來走出病房時甚至優雅地關上門。蘇君暗暗吁口氣，要不是躺在這裡，還不知道生病住院也會遭人挾持。他拾起筆，翻到筆記那一頁，突然又聽到馬桶的沖水聲，抬頭一看，一個碩大的人影提著褲襠走出來，穿著和他一樣的院服，竟然就是鄰床的歌星，發現蘇君正在看他，愁困地朝他點點頭，回到床上躺下來時長嘆了一聲。

「老哥啊，抱歉，讓你看笑話了。」

蘇君爽快地簡短說：「不會啦。」

「我們這種唱歌的，不能病也不能老，像我這樣最慘。老哥你幾歲，你看我四十多歲能去哪裡唱？我不是欠錢不還，是根本看不到未來，拚命想唱，就是沒幾個想聽了，替我排場子的經紀人還跟我說什麼你知道嗎？叫我有空去學點魔術來撐場……。」

蘇君很想說些同樣感嘆的話，卻又擔心很難表達，只好斷斷續續告訴他，醫生說的，拖太久了，一個瘤，壓迫到語言區，就變這樣了。

「喔，那還好，這表示醫生沒有騙你。像我的醫生就用猜的，不是這裡怎樣就是那裡怎樣，就是要我配合他做一大堆檢查。」

沒聽見搭腔，歌星接著說：「你睡不著，我來說個故事，想不想聽？有個殺人犯被關七年，無聊得要死，每天就用吃剩的饅頭屑來餵螞蟻，沒想到這隻螞蟻就被他養成習慣，時間一到就爬出來找他，幾個月下來長得像拇指那麼大。這老兄心血來潮，開始訓練牠向左轉，向右轉，跳舞，翻筋斗，竟然每樣都會，每次做完還會轉幾圈來答謝他。他想這下要發大財了，終於等到出獄，他把牠裝在口袋裡，找了一家有舞台表演的高級酒店，點了菜先犒賞自己一頓，再把這隻大號螞蟻叫出來坐在餐桌上，然後揮揮手把經理叫來，先賣關子，問酒店生意好不好，說他有一個保證每天爆滿的法寶……」

「老哥你有沒有在聽？」

蘇君嗯了聲，早就豎起了耳朵。

「這老兄就對經理說，你想想看，這世界的舞台再怎麼爭奇鬥豔，應該沒有人相信連螞蟻也能插上一腳吧？說完，他得意又神祕地笑笑，指著桌上的螞蟻說，你等著看吧。正要開始表演，經理已經大驚失色，二話不說就張開手掌用力一啪，活生生的螞蟻就這樣被他打死了，還用餐巾包起來湮滅證據，拚命道歉賠不是：對不起，真是對不起，不知道會跑出這種東西，都是小店一時的疏忽……。

「老哥，那兩個討債的你也看到了，說我欠錢，其實都是他們詐賭來的，但我能說什麼？剛才那樣對我，你說他們像不像那個餐廳經理，一巴掌就把我這輩子毀掉了。」

蘇君很焦急，很想說些話來安慰他。

可惜說不出來，只覺得自己的處境其實更像那隻螞蟻。

蘇太太不想通知學校裡的兒子，自己開車來醫院，從櫃檯那邊打聽病房，再搭電梯到病房的護理站，表明要請醫師來了解丈夫的病情。護理人員要她先去病房裡面，時間到了住院醫師自然會去巡房。

但蘇太太不願意，只想站在外面等，既然還不知道他是怎麼了，等一下見到面是要哭還是要笑，如果光只是哭，不就像這場婚姻一樣，只有無濟於事的悲傷罷了。

因此，蘇太太走進病房已經接近九點，晨光正從窗口漫進來，丈夫床位上的簾帳卻還沒打開。她悄悄撥開一條縫看他，只見兩眼醒醒地躺在床上，看到她時整個臉震了一下，兩人就在這樣的瞬間久違地見面了。

她把袋子裡的東西分別放進櫃子和抽屜，幾顆蘋果直接擺上桌台。護士還沒進來，外面走道已經響起忙碌的腳步聲，房間裡一時顯得太過安靜，她很怕這安靜，只好淡淡地說：「不通知一聲，就直接來動手術了？」

她並不是對他質疑，毋寧說是喃喃自語，本來打算帶著那支鑰匙來的，直接拿在他眼前晃晃，讓他知道外面的愛就像這樣，後來想到這太殘忍，只好還是把它藏了起來。

蘇君倒還在困惑著她的出現，不知道她為什麼會知道，也不知道應該跟她說些什麼，恐怕她已從醫生的螢幕侵入他的大腦，那裡面的精密構造包含著他的祕密和自由，一旦經過影像掃描，所有他的妄念，那些貪婪的、有負於她的，也許早已呈現出來被她看透了。

昨晚的筆記雖然寫了自己的悔悟，此刻卻就是無法摘出幾個字當著面念出來，為了打開這尷尬的僵局，他挑了個蘋果遞給她，指指隔壁的病床，要她拿過去。

鄰床並沒有人，蘇太太直接掀開拉簾讓他自己看，床邊四周已收拾乾淨，儀器插頭也拔掉了。蘇君有點納悶，歌星今天才要進行檢查，難道為了躲債又漏夜溜掉了？

他要她去問問護理站。就算只是一面之緣，整晚聽他談著心事，好比就是同在一條破船上，覺得自己的人生也跟著歌星飄搖起來。然而蘇太太問完回來卻告訴他，病人半夜裡溜到樓下抽煙，突然陷入昏迷，送進加護病房搶救已來不及……。

「什麼？」

「死了。」

手術輪到他了，兩名護士已推床進來。

他被推上了走道，蘇太太扶著床欄，快要進入電梯時，那隻手突然不得不鬆開了。

蘇君眼前一陣黑，趕緊吊起眼睛往後看，總算看到了愈來愈遠的她的身影，那兩片嘴唇一直顫抖著，朝他無聲地說著什麼。他以為那會不會是「你去死吧」

的意思，看那嘴形卻又不像，但又到底是什麼呢？急得淚水直流，很想再看仔細，可是電梯門這時已經關上了。

生之半途

要去的地方是深山裡的佛寺，對我來說是相當不便的遠行。

由於未曾去過那種深嶺之地，自然無法想像它的遙遠與陌生，網路上說客運終點站沒有提供接駁車，因此建議還是開車前往較妥。但我認為這畢竟是睽違多年後的見面，惠一定也贊成我悄悄來就好，直接驅車上山恐怕會驚擾到她的寧靜。

同時我也需要閉目養神，坐在車上還能想想自己的這半生。幾經斟酌後，我在午後搭上了南投客運。

由於接到一通非見不可的電話，我只好臨時請了事假，也把陳小姐叫來面前，用小小聲的語調交代一些極瑣碎的事務，譬如下午送來的資料如何處理，哪個案子暫時不要回覆，下班時間到了不用等我……。

其實我底下還有主任可以交託事務，直接對她差遣未免有些曖昧，但我衡量再三並沒有超出公事範圍，而且以她那樣年輕女性的純真應該也不至於聯想太多，這才鼓起勇氣說了那幾句悄悄話。本來還想告訴她如果路上有人推銷特產或什麼紀念品，我會記得買一份給她，但又想到這很危險，一聽就知道我想對她好，於是又打消了主意。

可是我又覺得這是多餘的顧慮，她雖然文靜卻很開朗，不像有些女性面對男人總是過度防禦。就拿公司六個部門經理來說，一般職員稱呼經理就是經理，她對我卻總是一疊聲，經理後面會再多加一聲或兩聲。剛開始我以為那只是因為她心情好，大概又想到什麼文案創意才那麼急著要我聽，然而後來卻還是經理經理⋯⋯這樣地叫著，聲音愈小就愈像呼喚，有時回味起來簡直就像貼心的吶喊。

但儘管是那樣的親暱，平常我還是用嚴肅的態度面對她，絲毫不敢直呼她的本名，因為這種太過自然的叫喚很容易使自己忘形，稍有不慎就會洩露過度喜悅的感情。因此一直以來，即便所有的同仁早就直呼她的名字，我還是寧可戒慎恐懼，一概冷靜無私地叫她陳小姐。

自從離婚以來，我不曾再呼喚過任何人。

客運巴士半個車廂沒坐滿，我正清閒地想要闔上眼，這時卻在市區載到一個婦人，上車來像隻鴨子搖晃著，走近時才發現她滿臉的皺紋大約七到八旬的老態，兩手各挽著灰藍色的拼花包袱，腋下夾著顯然過大的提袋。我的前後座和左側還有很多空位，她卻跌跌撞撞擠到我身旁，兩件行李剛落下，車子一開動就把她傾斜的上身晃撞過來。

這種天氣尚驚來山頂。坐定後她已開始說話。

雖然很像自言自語，卻又邊說邊看我，嗓子還算宏亮，我就算緊貼著窗玻璃還能聽見她期待回應的尾音。她說每三個月就要換一個地方住，大兒子在基隆賣海鮮，老二在埔里種火龍果，她最怕冬天輪到寒冷的山區，沒想到這次真的又輪到這裡。

唉，想想咧，我嘛是卡愛去嘉義……。

我聽不懂她的意思，但還是點點頭，只希望她別再說了。

當我們承受著自己的困境時，多少還有一點餘力去關懷別人，然而一旦自己也成為了悲哀的別人，除了感傷還有什麼心情去聆聽。我看她一開口就停不下來，只好搜尋著其他位子，斜對角的窗口就有兩個空位，但她和她的行李卻已經把我移身的空隙塞滿了。

這時她又談起女兒，說她女婿最近已點頭答應，只要再一年後的寒冬，她就可以住到他們溫暖的嘉義。喔，是這樣啊，我說。她發現我有回應，馬上抓起了腳底下的包袱，說要找一本相簿讓我分享，手上的提袋一時無處可放，竟然把我當成了小孩，直接就把提袋放在我的大腿上。

年後我已五十歲，我對這小小的舉動突然充滿了感謝。

我一直沒有再娶，最大原因就是年紀。

剛開始，也就是離婚後剛開始，我去哪裡吃飯都要想很久，想妥後還要從貓眼看看電梯口有沒有人走動，有時只是鄰居的寵物跑來跑去也不敢開門。其實我不邋遢。有的獨身男人都有一種寥落的頹喪感，我卻沒有，出門上班或吃飯都是長褲襯衫固定一式的衣裝，穿好了還梳理一下頭髮，不管天氣冷不冷都會抹上一些面霜，務求走在路上讓人覺得神采奕奕，看了就會相信這男人的一生並沒有太多惆悵。

但我真的不知道該去哪裡吃飯。我很羨慕那種獨坐在餐廳吃飯的男人，他為什麼可以不擔心別人的眼光，不怕被人發現已經被迫離婚了嗎？我更無法想像他要怎麼點菜，點一道菜雖然寒酸，但是點第三道時難道不介意吃不完？而且竟然可以一點都不悲傷，還叫了一碗湯。

我後來總是走進巷子，不是靜靜的巷子就是比較陰暗的巷子，最常吃的是什錦麵或一碗排骨飯，不然就是菜色比較凌亂的自助餐。我喜歡拿著餐盤跟在別人後面排隊，那很像一種硬要活下去的卑微，反而使我更勇於多夾幾樣菜放進盤子裡，然後低著頭默默吃完，回家後再把剛剛穿好的衣服脫下來。

偶爾的上班前，我也會帶著空飯盒到街攤上裝些炒麵，然後在必要炫耀的時刻拿出來當午餐。由於曾經向人吹噓我的幸福，打開飯盒時我會露出滿足的微笑，然後埋頭吃著愛妻便當，吃得很開心但也不忘隨時保持隱密，遇到有人走近時就把盒子稍稍蓋起來。

但有時我卻不得不又把炒麵原封不動帶回家，這是因為陳小姐剛好也帶來了便當。她曾在午休前問我要不要一起蒸便當，我當然說好，卻忘了炒麵其實沒什麼重量，果然蒸了那一次差點露出了馬腳。

經理經理，你的飯盒裡面是什麼啊，只裝空氣嗎？

後來只要她又問我要不要蒸便當，我就說今天剛好沒有便當。

其實我很想和她坐在一起午餐，她的飯盒是那種孤單的蘆葦色，而衣服的色澤很像就是專為蘆葦搭配的芥末黃，當她坐在隔著三個桌面的斜對角打開飯盒，那優雅的秋色簡直讓我整顆心蕩漾。我雖然只能撈著麵條，但我的心，貪婪的眼睛，還有整個風平浪靜的腦海，竟然就會開始漂浮著不知如何是好的喜悅，覺得我們就算不太可能結合，但事實上我們已經坐在一起吃飯。

陳小姐最讓我感動的是她也很乖。她雖然年輕，條件好，常有人送花，可是一點都不驕傲。她靜靜吃完便當，收拾好，去一下洗手間，很快就回來趴在桌上睡覺。那次我吃完炒麵本來也打算休息片刻，卻又想到和她一起趴著很容易使人誤解，於是只好拿本書來看，翻頁的動作還特別輕微，完全不敢有一點聲音擾動她的睡眠。我覺得這樣的時刻最溫暖，可是卻又說不上來是為什麼溫暖。我想這就是愛。

然而在這女權高漲的社會氛圍裡，我這年紀的男人已經很難再表達愛或喜歡，任何一點點輕舉妄動都有可能被認為猥瑣，即便陳小姐那麼親切也不太可能例外。年輕女性都有自己的未來夢，她從小到大好不容易成為一朵花般的女性，不就為了趕上人生的花季，從眾多追花族中挑個如意郎君走上紅毯。

只要突然又感到焦慮，一定就是腦海裡又翻湧著這樣的悵惘。

旁邊的歐巴桑這時又說話了，她看完女兒的家庭照，開始介紹嘉南平原綠油油的風光，照片裡一大片的油菜花田，一個年輕女人追逐著孩童跑在油菜花掩沒的田埂上。這查某人就是我啦，她說。真耶，這哪有可能，我說。真正就是我啦，她說得胸有成竹，我只好多看一眼，體態那樣輕盈，可想而知那時她還是個年輕的母親，她要是知道老後的今天還要奔波兩地討飯吃，幾十年前這張臉還笑得出來嗎？

她大概覺得累了，說有一件事要拜託我。

若到埔里汝愛提早叫我喔，我舊年睏過頭，醒起來茫茫渺渺。

我本來想回答，卻又擔心她說不完，只好默默點頭答應她。

腿上這老婦人的手提袋，惠就有個類似的老款式，跳蚤市場揀回來的便宜貨，拿在手上當成了寶。婚後三年她終於擁有了自己的穿衣鏡，也是因為謀職就業需要稍稍注重儀容外表，才在我的催促下跑到大賣場把鏡子扛回家。長長的穿衣鏡靠著床櫃用一條花布遮下來，掀開後她就站在那裡試裝，但她不會一直對著鏡子，而是穿好了衣服才到鏡子裡看看自己，否則總是先把自己的裸身掩在牆邊，像一隻鳥醒來後還躲在樹葉裡。

兩個月後她開始上班。

那家公司專賣各種運動器材，兩側大窗展示著各型跑步機，後面則有一長排的按摩椅。我曾看到有人坐在那裡按摩，而她站在一旁解說，一手拿著型錄抱在胸口，另一手示範著遙控器的按鈕。她長得不高，啊，不就是陳小姐那樣的身高。但她穿著高跟鞋，那雙小腿偏離地面，硬撐著窄裙裡微翹的小屁股，走起路來像要去摘星，蹭著蹭著彷彿就要飛上天際。

半年後她已不再那樣蹭著了，開始展現了一種使我迷惘的性感。

再後來，我走過那一整排櫥窗時，已經看不見站在那裡解說的身影。她被調回到公司總部，雲深不知處，只知道她從事一種以她的外貌而言相當得體的職務，有時跟隨主管去視察工廠，有時協助追蹤團購訂單，忙到回家後就把自己縮成一團，像一朵花盛開後完全合起來。

那段時間我也發覺她好像長高了，她就像冬去春來自然抽長的苗裁，裸露的小腿不再需要高跟鞋，腰間體態已變得輕盈又柔軟，簡單套上短洋裝就有一股嫵媚飄逸在頭頸之間，剛開始我以為那只是幻覺，沒想到後來的每一天幾乎都有同樣的幻覺。

終於有一天她很晚才回來，一部黑色的車子送她來到巷口的路燈下，她下車後卻不急著回頭，不像一般人通常都因為心虛而趕快轉身，她只顧著站在窗邊說話，說了很久才慢慢走進幽暗的夜色中。

惠那時三十五歲，而我認為那是應該被原諒的年紀，何況那時的我連一個主任職位都還沒沾上邊，我們之間還能擁有什麼，除了愛，剩下的就是存摺裡的幾千塊，如果連愛都沒有，那就什麼都沒有了。

因此那天晚上我不敢聲張，我從陽台匆匆跑回到床上躺下來，蒙上了被子才把眼睛悄悄睜開。我一直等到她的生日那天晚上，和她一起吹熄了蠟燭，從她背後輕輕抱住她，這才知道為時已晚。雖然那只是夫妻間極自然的親暱，她卻彷如觸電，全身倏地一震，兩手拳曲而緊靠著胸口，我以為那是她慣有的嬌羞，結果卻不是，我的手被她推開了。

喔，不要這樣，她說。

她說不要這樣的時候，聲調急促閃爍，且帶著幾分驚恐，連她自己也很訝異會那麼說。但好像已來不及了，兩個人一旦太快跑到終點，就不知道還能從哪裡出發了。蛋糕上飄著那幾根殘燭的半縷煙，空氣中嗆來了燭火熄滅後的焦蠟味，她把自己關進了浴室，我只好獨自一人默默切蛋糕，把小小的蛋糕切到不能再小，吃了其中特別為她許過願的一塊，然後等著她從浴室裡走出來。

後來她一直沒有說話，擦乾眼淚就去睡了。

我們經常半躺在床上，謹慎客套地交談，彼此悄悄等待著疲憊的睡意，不多久房間裡就會在一聲哈欠後陷入寧靜，這時她就會趁機轉身，對著自己的小鬧鐘採取側睡，我則蜷曲著身體躺在她的背影裡。

我們沒有明顯的傷口，因此也就更難醫治內心的痛。她似乎已經發現了我的發現，才會在那天晚上回來後的半夜裡默默坐在床頭，沒有心情更衣卸妝，一直看著房間裡的動靜，看了很久突然把燈關掉，一動不動直接躺在黑暗中。

後來她把想說的話寫在信裡，一大早用限時掛號投寄，準確地讓我在下班前收到她的訊息。信裡只寫三個字，對不起，底下再也沒有字，頗像一張白紙還沒有動筆。為什麼她不寫張紙條放在餐桌，或像電影裡用一支口紅塗上化妝鏡，或只要在手機留言就能傳遞簡單的聲音？原來那封信有玄機，那不是普通的一封信，對不起是暗示終止，底下的空白則象徵一種無言的通知，預告著她將在那聲道歉後離去。

然而當時的我還沒有那樣的預感，我甚至還多寫了一段，妳只要平安就好，不要覺得虧欠，工作太累就回來休息，我們還是要把最重要的守住，就算再窮也要守住，寧可回到我們原來的樣子……。

我繼續微笑面對她的敵意，畢竟我很幸運大她八歲，有著穩重氣度足以承受她從花花世界驀然回首的身影。同時我也把這一年的春聯換了別家的字，一聯吉祥話，一聯內心話，讓她每天回來看得見，讓她穿鞋出門時也看得見，隨時都有機會為我們的將來多看一眼。

沒想到最後還是來不及。

別人的離散或許因為情感破裂，她則因為羞愧，索性違逆到底。

最後那個晚上，我沒頭沒腦來到附近的台菜餐廳叫了一桌菜，直到服務生問我需要幾碗白飯，恍惚中我才終於想起她並沒有跟我一起來，她並不是去找停車位，而是去了一個我不知道的地方，從此沒有再回來。

我一口菜都沒吃，桌上一直擺著兩雙筷子和兩個碗。後來我請服務生替我打包，然後沿著餐館前的馬路慢慢走回巷子，沒有人影的巷子，只有一大蓬別人家的紫藤花蔓延出來掩著月光。我就在那塊暗影下突然感到兩腿發軟，只好趕緊蹲下來，顫抖著把所有的壓抑吞進肚子裡。

有時我出去吃了午飯回來，陳小姐已經趴在抱枕上睡著了。那可愛的抱枕墊在她臉下，睡得很沉，睫毛緊貼著一條線的眼睛，十幾顆草莓圍繞著小小的臉。很少有女生午睡時願意朝著男人的座位，她卻沒有這方面的顧忌，寧可讓我看著她的沉睡，也不想面對人影晃動的大廳空間。

對一個涉世不久的女生而言，我覺得這是信任。

其實她也可以不睡，和那些女生出去吃飯順便看看櫥窗，或吃了飯回來玩玩手機或修飾指甲。但我發覺她更喜歡安靜，因為從我身上散發出來的嚴謹使她感到安心，否則別說午睡，很多女生根本不看主管的嘴臉。

剛來報到那天，還像驚弓之鳥那樣，整個臉埋在抱枕裡。

她是從公司內部轉調過來的，起初應徵的是品牌行銷部門，辦公室躲在電梯右側一條通道的盡頭，那裡除了訓練一些菜鳥，平常也作為廣告主和某些訪客的接待廳。我曾在那裡上過兩堂培訓課，四周窗台布滿了植栽，看起來就像站在綠色叢林的郊外。

就算以前曾經看過她，坦白說沒有留下任何印象。

結果她在那邊只做了八個月，被那位藝術家經理的暴烈性格嚇壞了，遞出辭呈後，公司卻認為她有滿腦子的清新創意值得栽培，才說服她轉調來我這裡繼續上班。

而我差一點就錯過她。就在她來報到這天早上，我受傷請假，左手托著右手去了一間很有名的國術館。我想就在那個當下，當我正在包紮著傷口的時候，這個陳小姐彷彿剛剛來到世上，且她正從電梯或某個路口走了過來，然後終於來到我突然不在的辦公室，因此也就不無可能一看到經理的位子空著，臨時反悔就當場走掉了。

巴士開上快速道路沒多久，已經有人拉著繩鈴準備在草屯下車。

老婦人沒有聲音，我多看了她幾眼，發現她的嘴角會動才放心。看來很累，真的睡著了。

我舉著一大把棉花糖似的白紗布來到公司時，還是午休時間，平常的空位上多出了一個背影，趴在桌上，一聽到我的聲音立刻仰起臉，起身後急著拍打額上的壓痕，椅子差點倒在一旁。

她走近我的位子，不敢問我的手，大概以為每天我都這樣。

經理，我叫陳詩蓉，早上就來了，抱歉經理剛好不在。

哦，我知道，前幾天有接到管理處的通知。

那以後就請經理多多指導，我一定會很認真……。

陳小姐有實際發表過的企劃案嗎？

就是還沒有啊，所以聽到說要把我調來這裡，好緊張。

那就好好學，我會安排一組老經驗的來帶妳。

謝謝經理。經理，你可以和大家一樣叫我絲絨，因為詩要捲舌。

嗯，詩要捲舌……。我看著她，心裡苦笑，詩不捲舌又怎樣呢？

由於右手只能舉著白紗布的手板，茶癮卻又忍不住，忍沒多久只好請她幫我泡茶。我指著桌上的大陶杯，教她先燙杯，接著叮嚀放多少茶葉。她去了茶水間後卻不放心，乾脆帶著茶葉罐回來，舀滿一匙湊近我眼前，我只好像個殘廢的茶人，對著茶珠粒粒斟酌，要她減量、再減量……。

然而就在抬起頭的瞬間，萬分之一的人生的瞬間，我竟然瞧見了從她傾身的領口裸露出來的頸肩，白透透一片深雪，彷彿從那裡撲來了白鷺鷥的羽翼那樣的幻覺。

那畫面我一直沒忘，就在她的左耳垂斜對下來的頸側與鎖骨之間，一顆痣就在那裡棲息著，它雖然很小卻因為純白的襯底而格外清晰，好比就是破曉時分的天邊一粒孤星。

惠的頸側靠近鎖骨就有一顆那樣的痣，應該就是領頭痣，它和乳側另外一顆相呼應，兩顆小痣在胸口會合，然後一起進入遮蔽的星空，從而連綴出這裡一顆又那裡一顆的奇景。

那到底是有多少顆呢？惠從來不讓我一次數到底，以前最多數到八顆她已不耐煩地翻身，反正那些痣就分布在她的乳房、側背肌、龍骨、左腰以及恥骨邊緣，如今當然一顆都不見了。

陳小姐上班兩天就忍不住了，看似煩惱著泡茶日遙遙無期。

經理，你是怎麼受傷的，這樣要很久嗎？

她學我舉著朝天的手指，所說的「這樣」當然就是這樣的意思。

我笑笑告訴她，走在路上不小心摔倒，右手剛好插進水溝裡。她就相信了。

哇，那會不會很痛，怎麼會這樣呢？經理經理，那以後你就儘管吩咐我好了，有什麼事都讓我來做。

我說好啊，謝謝妳。眼皮直跳著，有點錯覺她是她還是惠？

事實上，就在她來報到的前一天晚上，接到一通電話，手指就斷了。

離開四年後，電話中傳來了惠的死訊。

對方說已把她安置好，道義上還是要讓我知道……。

你到底是誰？我喊著說。

他沒有回答，哽咽幾聲後就把電話掛斷了。

我回撥過去時，接通又掛斷，掛斷重打，後來他直接關掉。

因而就在斷訊後的那個瞬間，無以名狀的驚恐的瞬間，我突然握緊了拳頭，狠狠地捶在牆壁上，像要穿破層層迷障，手掌背自然立刻皮開肉綻，連帶著小骨頭應聲而斷。

哇，那會不會很痛，怎麼會這樣呢？

當然會痛。但是痛得很不尋常，像把所有的悲傷捅進內心，痛到深淵而又延伸到眼前，一片漆黑，沒有掙扎就進入絕望，不像一般的苦難還要經過幾番無望的掙扎，好比就是故意不麻醉的拔牙，因為是故意，也就很像一種心甘情願的懲罰。

兩天後我去到鄉下惠的娘家，以為有個靈位供我祭拜，這才知道嫁女後的娘家沒有這種習俗。兩個老人也不讓我進屋，倚在門縫裡和我說話，怪罪我沒有給她過好日子，才淪落今天這樣的……，我岳母先哭，岳父則在一旁安慰，安慰不到幾句反而已經泣不成聲。

我又跑了幾個地方，包括她常聯絡的同學、結拜姊妹，還有那家運動器材商，知道的人說得語焉不詳，不知道的卻都慢慢知道了。後來我覺得不該再讓話題燎原，才停下來鎖定她最後任職的一家公關顧問公司。裡面的員工同樣支吾其詞，最後才有個男的承認和她喝過兩次咖啡，發現外面還有別人在糾纏，很快就跟她分手了。

問題還是又回到傳來噩耗的男人身上，然而再也找不到人。

聽說是在溫泉旅舍發現的，警方的搜查紀錄寫著當天獨自一人投宿，沒有人來找過她，服務生送進房間裡的晚餐都有吃完。我追蹤到那家位於山鄉的旅舍，老闆娘還是滿臉餘悸，且又擔心我是記者，上下打量後仍然不讓我看她住過的房間，僅只喃喃說著，別再問了，臨時起意的，幾條窗簾的繩子都被剪斷……。

黃昏的溫泉街的河畔，我在堤防上不斷地來回走，終究想不出為什麼她會這樣。離婚簽字的時候我還特別交代，遇到什麼困難隨時都可以回來，她當時認真聽著還頻頻點頭，一去之後沒有再回頭。

我一直等到河岸對面那幾盞旅舍的窗燈逐漸亮起來，四周吹來了更冷的晚風，總算不得不相信她真的已經走遠了，這才摸索著砌石的邊坡慢慢往下爬，然後沿著河堤小路走到樹林下開車回家。

受傷的手指好得太快，拆掉紗布後再也喝不到陳小姐的茶。她開始過著不用泡茶的上班日，忙著協助各項提案的準備，和美工們比劃著想像中的構圖，等到一張張雛形並列出來評比時，我才和她們坐下來討論，必要時就用稍稍柔軟的語氣指正她。

如果想要和她獨處而又不論公事，唯有從外面帶來新的茶葉，利用解說不同茶葉的習性來進入私領域的話題。但既然手骨已經痊癒，實在沒什麼道理要她放下公事來聽我說茶，想想不免就相當懊惱著復原太快的手指。她為我泡茶的那兩個多月裡，雖然每次只有短暫幾分鐘，然而那種喜悅的瞬間卻又最接近幸福，有別於一個男人任何成就所能言喻。

唯一還算獨處的時間就只剩下每個上班日的午休，那毫無敵意的睡姿簡直就像躺在我身旁，可惜我愈來愈不信任每個一點二十分過後的時間，這時的秒針往往跑得更快，以一種反常的速度催促著她趕快醒來或者從我身邊離開。

後來冬天到了。過去的冬天只有去年最冷，冷到每天總有一條圍巾緊緊掩住她的脖子，那顆痣因而彷彿埋藏得更深，使我更變態地想要墜落在那深淵的雪地。

暮冬後的初春，陳小姐突然說要去旅行。

她報名參加一趟尋春之旅，那五天四夜簡直就是和我第一次的別離。行前已忍不住雀躍著，說她還沒去過日本，一去就是很遠的東北，一邊興奮地傳閱著行程目錄，傳到我手上時停在眼前不走了。經理經理，你說去過秋田縣，那有看到湖邊少女的銅像嗎，聽說要搭好久好久的車……。我說，去的時候下著大雪，雕像變成了白色。那太可憐了，她說。我問她為什麼太可憐？她回答說不是下著大雪還要站在那裡嗎？

銷假上班時她卻忽然不像她，春天跟著她回來了，穿一件橄欖色的薄棉短衫，那貼身的垂度在她身上微微墜落，使得平常一無所有的胸前隨之凸起雙峰，活像兩朵要開不開的花苞挺立在深淵的崖邊。

從此我開始期待著每個禮拜三，她的穿著似乎開始有了輪值日，這件薄棉短衫剛好輪到天使來到人間的日子。她雖然不是很美的天使，但她絕對就是天使，她在我的悲傷逐漸消退時突然又喚醒我的悲傷，可見這女生多重要，惠雖然和她無關，但她和我的思念絕對有關，時間是那麼湊巧，彷彿就是一起來悼念惠的死亡。

我反而不喜歡她每個禮拜五的打扮，這天她的服飾變化最大，不是穿得性感就是隱約流露著一股狂野，而那通常就是年輕女性要去歡度小週末夜的訊息，因此當她站在下班後的電梯口說著再見時，我想到的卻是兩天後才能見到她。光是這樣每週一次那麼黯然的懸念，我就不得不覺悟總有一天將會失去她。

為了提早看到她，有時我會在假日無處可去的下午躺在牆邊軟墊上，任由思緒開始奔馳，想著那顆痣的座標和它生來對我的意義，然後想起這偌大城市的迷陣裡她在哪裡，她正在做什麼，她會不會趁我昏睡而突然闖進腦海，或在等著紅燈的某個路口想到我而噗哧一聲笑出來。

每每就在這樣那樣的空想中進入無夢之鄉，醒來時一片迷惘，房間裡光線黯淡，窗外街聲吵雜，這才知道又是一次黃昏前的徒勞，就像去了一趟空手回來的荒野，滿腦子只有路上的蒼涼。

我知道這很可笑，換一種說法這叫悲哀，但只要陳小姐本人一無所知，起碼我這一籌莫展的愛意對她毫無傷害。否則我也可以不要這麼卑微，我只要鄭重、誠懇、不計毀譽對她表白，我相信陳小姐應該不會馬上拒絕，她就算感到不安也會相當委婉，表面矜持，盡其羞澀或膽怯，或類似「經理你是發神經喔」這樣的白眼。但最終她不可能只是這樣，她會愈來愈尷尬，難以自處，接著就出現遲到早退、生病請假、另有生涯規劃……等等這樣的退卻，然後也是最後加速離去。

何況我已快要五十歲，臉頰已不紅潤，眼神含著失敗的暗影，儘管刻意挺胸走在路上，還是會在無人的角落暗自唏噓不已。這樣的我如何能再承受愛的失敗，惠要是看到我這樣的處境不會感到不捨嗎？畢竟是她使我這樣，本來我們走得好好的，怎麼知道走到岔路上兩個人都不見了。

過了雙冬橋，車速明顯轉慢，後來竟然停在沒有站牌的加油站旁，司機不斷道歉後突然溜下車，匆匆跑向加油站內的洗手台，原來他要去的廁所就躲在那後面。

若依照車站標示的抵達時刻，看來已經就是誤點了的行程。

但只要想到惠一直就在那裡，我覺得再慢也可以放心了。

在這滿懷期待的半路上，我想應該整理一下凌亂的思緒了，畢竟就要見到她了，我要讓她看到我原來的樣子，那是不論歲月如何催逼都不會改變的我的內心，當我終於來到她面前，她看到的就是當時她所離開的我，即使她已走過人世一回，我卻還在原來的路上。

我也將告訴她，六年來，我還是住在那裡，隔壁林姓鄰居已移民澳洲，對門的伯伯去年過世了；而她最想去的那家台菜餐廳，兩個月前已開始進行整修，聽說新店家將改走小家庭路線，不會再像以前總是要求我們和陌生人併桌。我想我們就是因為經常併桌才被人併掉了。

當然，惠可能一下子聽不懂我的意思。其實我也不是很懂。我可能會說得吞吞吐吐，而我真正想說的是，上個月，我已從那粗胚的木作中發現了一個隱密小角落，那裡只能擺上一張情侶桌，也就是說，我的意思是說，如果我還有機會坐在那裡，我想我將不會又成為不幸的戀人……。

也許我應該說得更明白——同樣的上個月，不知道為什麼，我突然夢見了陳小姐。我很想知道惠的想法。事實上惠可以對我霸道一點，只要她頑強地跟我說不，只要她願意用任何方式讓我知道她愛我，那麼我會繼續壓抑我自己，絕對不會嘗試去邀請陳小姐……。

惠每次來到夢裡總是狼狽不堪。事前不知道她會來，來的時候兩人兩雙淚眼，這固然是因為她已不在，主要還是因為她一來就喊冷，好冷啊你就讓我躲一下吧、好像到處都很冷呢、你一直跟我說話一直跟我說話好嗎？每次夢後第二天總是讓我沉痛一整天，可見這麼多年來她還是我所失去的一切，難怪一見到她馬上就從吶喊中醒來。

陳小姐忽然來到夢裡，則是因為頸下那顆痣所帶領。

或者應該說，是那顆痣帶來了陳小姐的身體。她第一次來是那麼小心翼翼，像個陌生訪客敲門進來，穿著顯然很冷的冬衣，房間裡沒有椅子讓她坐，她只好坐來床緣，兩手貼在膝上，一直看著惠的拖鞋。

她可能走了很遠的路，額上貼著濕答答的頭髮，仔細看了房間裡的動靜後，突然問我為什麼叫她來？我說沒有啊，我從來不敢有這樣的妄想，妳誤會了，這裡一直以來都沒有訪客，我一個人住早就習慣了。

那你是要我走嗎？

她等著我回答。而我不想回答。可是我又暗暗著急，難得她突然進來，將也會馬上起身離開。我想了一下，決定先去倒一杯水給她，然而等我端著水杯過來時，人已不見了。

床下卻已散落著她的鞋子襪子、短裙洋裝還有那件薄棉衫，以及冷冽的冬夜該有的圍巾、大衣、毛外套……，其實她並沒有穿那麼多，卻好像把她所有沒穿來的衣服一起脫掉了。

這時突然聽見她喊我的聲音，原來她已躺在棉被裡，從裡面伸出了一隻手，勾著手指要我過去。那幾乎就是撒旦的誘引，一看就懂了，她是來羞辱我的，就因為平常我一直對她充滿著無恥的渴望，才使她乾脆不顧一切脫下來的吧。

由於確實地，我對女性身體早已抱持著極度矛盾的愛與懷疑，因此我不敢直視，於是她那雙眼睛更充滿著故意，朝我眨著眨著那種輕薄的魅影。她看我一直站著，突然推開棉被下來了，果然是什麼都沒穿的身體，鏡子裡馬上映出她的小腿，接著就是略呈弧線的她的腿身，如果她再移近一點點，直接走到鏡子裡，那不就是裸露的惠從裡面走出來的原型嗎？

由於太過激動的緣故，太過感傷的緣故，或者也是因為沒有想到她會這麼露骨，我反而開始擔心她如果突然又改變主意，我就再也沒有機會了。因此我想，我不能再偽裝了，與其急得快要掉下眼淚，我是不是應該據實以告，把我所有的寂寞，我這幾年來所維護的、一直隱藏的，以及使我的這半生對於愛的信念完全瓦解掉的，在這難得的時刻勇敢地說出來？

可是我又覺得這太囉唆，她可能聽不懂，不會了解一個男人那麼沒出息究竟為了什麼，也許還沒說完她就走了。於是我決定改口，我對著她，也對著惠的鏡子，我謙卑地說——

如果妳肯愛我，我願意答應不要活太久。

啊，為什麼，為什麼你會說出這種話？她叫了起來。

說完她就哭了，哭得很傷心，就在床下的牆邊顫抖著，眼裡噙著淚，兩手高高舉起，一直站在那裡。原來她想擁抱，我稍稍往前移近，她的手立刻像磁鐵般搭上我的肩膀，然後把她的臉貼在我臉上，把她毫不保留的重量傾倒在我身上。

我的手無處伸展，只好貼在她的背上滑行，沿著惠有痣的部位開始摸索，這才發覺其實她並沒有那麼多痣，她似乎就只有頸下那顆痣，可見這或許都是惠的詭計，一切都是惠在指引，用那顆痣把我吸引，使我每天還能活在充滿著喜悅的幻覺裡。

三點四十分，一室寂靜，醒來愕然。

隔天陳小姐穿什麼來上班，已想不起來，低著頭不敢看她。

巴士為了避開一個坑洞，喀嚓一聲連頓兩下，幸好老婦人沒有被震醒，癟著嘴皮還在熟睡，一種變調的燜鍋聲在她鼻孔裡烹哼著。我開始斟酌著抵達前叫醒她的時間，一邊想著我雖然可以轉車到霧社再想辦法，卻沒把握那種鄉野之地可以包車上山。

電話中忘了說清楚是下午幾點？已過了三點。

兩年前一直不接我的電話，匆匆忙忙打來說他明天就要出國。

上午是我最忙碌的時段，忙著對外聯繫和部內的進度協調，所有提案、簡報、小組討論和發稿都在混亂中交叉進行。電話接進來時我還在小組會議裡，原本歪著頭抓起話筒就要打發，沒想到會是他，聽了兩句馬上扳緊椅子坐起來。

問他出國多久，為什麼到現在才打電話來？

答話閃爍，說他以後會很忙，沒把握還有時間去看她。

我再問他骨灰的塔位在哪裡，語意還是含糊，連一個地址也說不清，只說他每次都是開車前往，若要詳圖叫我上網去查。但他似乎聽得出我很焦急，於是突然故意這麼說：

其實我也可以不找你，就不管她了，可是又不放心。

謝謝你打這通電話，我們應該見個面。

我已經說了，明天就要出國。

那就今天下午，我趕過去，你在那裡等我。

老婦人被我叫醒了，拉著我的夾克跟在後面下車。

我也總算打定主意，直接就在埔里攔車上山，也許還來得及把那男的阻擋下來。本來就應該這麼做的，不能再讓他踏進佛寺了，女人的身體原本就不容許兩個男人同在的吧，這不就是惠在生日那天晚上所啟示我的嗎？

站牌斜對面停著一台農用車，車上跳下一個中年莊稼漢遠遠喊著阿母。老婦人沒聽見，我以為路邊太吵，大聲提醒她那就是妳說的二兒子嗎？她偏著左耳靠過來，要我再說一次，我才知道原來她的右耳壞掉了，難怪她一上車不敢落單，硬是要擠到我身旁。

她轉身朝對街走過去，一邊問我要去哪裡？

無欲去叨位啦。我說。

奇怪喔，汝是不是偷偷欲來這種所在約會……。

我把包袱抬上車斗，看著她上車，揮揮手後小貨車就開走了。

我找到的計程司機一看圖就懂，他說大地震前那裡是很有名的神泉勝地，幾個出家人在旁邊建了佛寺，這幾年為了在地人家拾骨遷墳種種，才運用各方的捐獻金蓋起了靈骨塔。

你的樣子很像外地人，跑這麼遠是有親戚放在這裡嗎？

是我太太。我說。

不是很高的山，俯瞰而下的鄉城卻已小如星點。

佛寺的前庭空無一人，看來我已早他一步趕到了。我從低矮的平房瓦簷望過去，佛寺右後方高起一棟五層塔房的建築，白的牆，青藍色的頂蓋，若我所想沒錯，惠就在那裡。

但我沒有繼續走，停在庭埕外的山門，決定就在入口等他。

當初他一定想要快速遺忘，才會捨近求遠把她帶來這裡的吧。那麼，他應該到此為止了，有事交代就在庭埕外，談妥後我就讓他直接下山，不可能還要忍受他從我面前走進佛寺的背影，那像什麼，何況惠以後的世界也不需要任何人了。

沒讓我等太久，一部車子終於開了上來。

人模人樣的男人，戴著黑森森的墨鏡。天色那麼陰暗，剛才一路上也都是樹林，不知道他是虛張聲勢還是害怕露臉，看來是比我年輕的臉，微鬈著灰棕色的頭髮，深黑的鏡片閃著冷光的暗影。

草草寒暄兩句後，他直接從口袋裡掏出一張紙，寫著每年三節的法會時間、各節的獻敬，以及師父們不定期舉行水懺的護持錢。

我不是跟你計較錢，他說，但我真的花了不少錢。以後你就照著這些時程來做，我出國是突然被派調，沒辦法的事，如果兩三年後才能回來，那就三年吧，到時候如果你不想管，我再回來接手。

你是說我們共同分攤這些事？

當然要你同意才行，你也可以拒絕……。

別麻煩了，前面你花多少，包括以後的，還有塔位，我買下來。

啊，買下來？你把我看成什麼，你不知道我也很痛苦嗎？

以後你還有大好的前程。我說。

他偏過臉去，乾乾地哽咽著，聲音有點生澀，也很難聽。

我拿出早已準備好的錢。這是早上接到電話後的大約十點半，陳小姐幫我提領出來的三十萬，其中至少有一部分是惠省吃儉用撙節下來的錢，當初她堅持不帶走，原來就是等我有一天把她贖回來的吧？

把錢交給他時，眼裡一陣熱，覺得是把惠的錢放在惠的手上了。

他後退一步，我以為他已惱羞成怒，將會直接把錢甩在地上。結果卻不是，他沒有惱怒，很奇怪他為什麼沒有惱怒，他緊繃的情緒反而突然一下子鬆開了，從他原先的訝異、傷痛，以及不想割捨的反應中露出了破涕為笑的表情。

我打電話給你並不是這個意思……。他說。

我知道，但是這樣對大家都好。

好吧，那我帶你進去，我也很久沒有來了。

不用，我自己來，明天你就要出國，現在應該下山了。

這時一位師父從寺裡走過來，剛好見證了這件事。我向師父說明原委，同時也把自己的名片遞給他，請他以後需要聯絡時直接找我。

阿彌陀佛，施主同意就好，已經敲鐘了，進來吃平安麵吧。

師父說完走開後，男的把錢塞進西裝外套，拿出了明天的機票證實這是真的，說他並不是無情，很多事情也不是一般人所想的那樣……。剛說完，臉又往下一沉，這次的哭聲比較逼真，可見他們兩人確實曾經相愛，只是愛得不深，才會這樣前後兩次還不能把悲傷全部哭完。

其實我已不想再聽，也不太相信這種稀疏的眼淚。他看我一直站在車窗旁，大概已經明白了我的意思，於是用力和我握握手，然後坐進車子裡發動引擎，沒多久連人帶車消失在冷杉林的彎道中。

我跟著師父們一起享用麵條、香菇、木耳等等做成的齋菜，晚冬的天色已暗下來，鳥飛過最後幾隻就消失不見了。他們用膳時禁語無聲，我只好每吃幾口就悄悄轉頭，從一格一格抿石的窗口瞄著已經上燈的塔樓，不知道惠的位置是在第幾樓，以前她就有懼高症，最好沒有讓她太靠近陽台而直接看到天空。

用餐後師父才說話，勸我不要急，天晚了，習俗上陽光普照的晨間才是上香的好時辰。我想也對，卻又想到來都來了，是要我明天再來一趟嗎？他似乎看出我的心事，說已交代騰出一間禪房讓我過宿，接著問我剛才的事，說他未曾看過這樣的事。

我說我沒有能力追求完美，只能追求一點完整。他點點頭，可是也蹙起了眉頭。於是我補充說，以前我所經歷的都是破碎的，難得現在有機會把那些破碎的收拾好，這對我來說很重要，否則我一直沒辦法從噩夢中走出來……

由於聲音愈說愈低，很怕又情不自禁，我只好忍住停下來。

其實很想告訴他，我所有的努力已不是為了幸福，只想要活著。

同時我也告訴了我自己，以後就不能再悲傷了，惠當然也不願意看到我一直陷在泥沼裡。我甚至打算明天早上就讓她知道有個陳小姐。陳小姐就是詩蓉。當然妳也可以直接叫她絲絨，因為詩要捲舌。我和絲絨雖然不曾怎樣，但也不見得以後就是無望的將來，到時妳是不是願意教教我，妳只要教我如何避開女人都不喜歡的缺點就好了，以前我不就是因為這樣才失去妳的嗎？

躺在榻榻米上一直睡不著，依稀聞到的是淡淡的藺草香，驚蟄的季節還沒到，從水邊、地底下傳來的蟲鳴卻已一陣陣，一來就是好幾聲。禪房的梁板很低，隔間很輕，很安靜的水蛾一隻隻從黑暗中飛來窗邊又飛到黑暗裡。

禪房相距後方的塔樓大約四十米，總比天上來到這裡近。若從以前那些不安的睡夢中起算，儘管惠一直穿梭在我的腦海，由於噩夢總是很快就會醒，還是比不上現在這裡這樣溫暖的距離。

於是終於想到這是最接近她的一次了。

不知道她那裡是否也有睡眠這種事，我是翻來覆去等不及了。

我一直躺到蟲子累得不叫了，死靜的恍惚中突然聽見了她的笑聲，以前她很少有這樣的笑聲，咯咯咯地像在捉迷藏的樹林裡被我捉到了。我想今天她一定很開心，聽那聲音就知道整個人一直雀躍著，笑聲似乎不想停，很久很久才又轉為一種很甜蜜的耳語，好像是在跟我撒嬌，用她不想讓人聽見的聲音對我催促著說：帶我回去、帶我回去……。

我說惠妳別開玩笑了，有時我反而很想去找妳啊……。

沒想到的後來

1

父親的私生女，深夜來訪，站在巷口路燈下，看見樓上陽台稍有動靜就揮著手，小小的身影跳著又蹬著，一邊撫著風中的亂髮。青志發現時才想起對講機早已失靈，連忙親自下樓來開門，穿著白襪布鞋，緊抓著樓梯扶手像在登山，喘息間撲來了少女的香氣。

東北季風的夜晚，樓梯間空無一人，青志迎她進來後刻意把門推到邊角，屋前屋後便開始吹起對流風，一些紙頁啪啪響，還有個什麼掉在幽暗中，直到他去把窗戶關上後，屋子裡才靜下來。

「以前我媽說，不要靠近陌生人，要就不怕。」

滿臉稚氣，一點點不高興就很明顯，兩眼還瞅著敞開的門口。青志沒理會她的含意，是不是兄妹還不知道，開著門至少不會引人猜疑。他帶她來到牆柱下的小桌旁，那急喘喘的聲息已緩和下來，氣色卻不怎麼好，映在冷颼颼的臉上有點白。

他去拿來一杯熱水，順便拖一把塑膠椅過來，坐在她對面。

第一次的見面，只能接續電話說到一半的主題，但還是很訝異她不怕生，小口喝著水，竟然噓著那麼滾燙的聲音。不知道應該叫她什麼，總不能叫妹妹，看起來根本不像，一點也沒有父親的殘顏。

「妳何必急著來，來這裡又能證明什麼？」

「證明我不是你們家的女兒，別臭美了，我媽是冤枉的。」

她把深色背包移到腿上，杯子交給他，從裡面拖出一綑還沒拆封的紙袋，上下兩個封口用透明膠帶黏得死緊，四個角還打上釘書機，一看就是母親那麼細膩的手跡。但這東西為什麼會來到她手上，電話中說不清楚，人已透夜趕過來，好像這是她的燙手山芋。

「謝謝你們的好意，我舅媽說不能拿這種錢。」

紙袋上沒有字，捧上來占了半個桌面，背包已凹陷下來。

電話裡說的就是這件事。說他母親幾天前找到這女生寄養的鄉下，對她舅媽說了些安慰的話，卻對自己的遭遇哭得更傷心，錢放著就走了。他無法想像母親會做這種事，她向來嫉惡如仇，也不曾這麼柔軟，更何況餘恨未消，說她專程跑去送錢……，當作神話聽聽就好，怎麼能相信。

然而錢就在桌上，要不是被退回來，誰相信她會去揮霍這種愛心。

「還是拿回去吧，就當作給妳們的安家費。」

「安什麼家，我媽雖然死了，也跟你們一點關係都沒有。」

那麼生氣的臉，剛才還是白的，氣得泛紅了。

青志很想告訴她，沒有關係當然最好，就怕以後還扯不清，誰都不好過。上個月辭掉工作回來，他已找不到自己的家。明知母親已把房子賣掉了，不信邪還是回去那裡看了又看，門口已貼上別人的春聯，鄰居把一張紙條交給他，母親不曾寫過那樣潦草的醜字，八成含著眼淚塗上去的，一個女人搬家時還在交代著新住址，可見那是多麼匆忙的悲傷。

但他還是忍住不說了。畢竟這女生鬧著脾氣，可見她也覺得自己很委屈，她的母親一年前去世，看她這個樣子已經成為孤兒，照理說就算被誣指為私生女，至少還有這筆錢拿，一般人都是拿了錢再說的吧，誰還計較什麼是或不是？她卻這麼堅持，杯子裡的熱水已被她喝完，看來又飢又渴，說起話來硬要那麼倔強罷了。

「妳還有什麼要說的？」

「我不是你妹妹。」

「我當然希望妳不是。坦白說，妳是什麼時候轉學到我父親班上的？妳也知道他一直是個好老師，教了二十幾年書，從來沒有漏掉一堂課，一直到他離家那天我們還不知道班上有妳這個學生。平常妳是對他怎樣，做過什麼，不然為什麼學校傳出來的那麼難聽？」

「你說『對他怎樣』是怎樣？你指的是什麼，懷疑我和他師生戀嗎？那你看呢？」她冷冷一笑，撥開了劉海，溜著一雙眼睛然後靠上椅背，輕拍著白白的臉頰，「看到什麼了，有寫我是個壞女孩嗎？」

「他本來還有可能回來，報紙那麼一寫，難怪回不來。」

「我和你一樣傷心。」

「那妳說說看，為什麼後來妳又被寫成私生女？」

「他沒有回來上課，也沒有請假，學校當然開始調查，你媽媽後來不是也報警了嗎？記者還跑到鄉下找我舅媽問東問西，她哪知道發生什麼事，我們早就沒有住在那裡了。不過那些記者真厲害，各種消息隨便湊一湊，就把我寫成那樣。」

「把學生本分做好，就沒有人檢舉，也不會發生那麼多事。」

「叔叔沒有說過你會這麼凶。」

「叔叔是誰？」

「當然就是你爸爸呀，不然還有哪個叔叔。我媽生病後，就是叔叔幫我轉學來到他班上的，說要讓我媽專心養病，由他來督促我的功課，就是這樣才被人寫黑函，難道你也認為他是心術不正的老師嗎？」

青志感到無奈，不想再談，版本太多了。

「你應該可以相信我了。」她說。

「我相信沒用，我母親就是不相信。妳再否認一百次，她還是認為妳就是私生女，不然為什麼強忍著悲痛去給妳們送錢，世界上大概沒有像她這種人了。」

「問題是她送錯了，侮辱我們才送這種錢。」

「這我不知道，妳還是拿回去，以後不要再來了。」

青志說完，聽見她冷哼一聲，咬著下唇，眼眶裡浮起淚水。

陽台上的蕉葉拍打著窗玻璃，鬼影子來敲門，兩人嚇一跳靜下來。

這時他站了起來。沒想到她的手腳更快，丟下那綑錢跑出去了。

他不想攔住她，卻又想到剛才是不是對她太凶，何況已那麼晚，外面黑矇矇地能去哪裡？他趕緊拐著腳趕到樓梯口喊著她，人已落在梯間的暗影下，轉身朝他仰起臉，用那黠亮的眼睛說：「叔叔說的，青志的腿不方便，就不要下來了。」

女生突然說到他的腿，讓他相當震驚，父親一定說過很多關於他的事情。會把自家人的缺陷透露給別人，可見這女生不是普通的別人，那麼，究竟她的真實身分是什麼，他很想知道，卻直到現在還是一籌莫展。

真相還沒查證出來，兩年前母親就被擊垮了。

牢固的婚姻一向是母親的驕傲，她認為當今世上就算傳統已經崩壞，也輪不到她會這麼慘。青志記得小時候聽她說過，結婚前她就對父親充滿著尊敬，那種來自尊敬的愛慕至今最少三十年，難怪一發現丈夫不值得尊敬，馬上變成又傷又痛的回憶。

父親離家之前，家裡隨時都有濃濃的書香味，而母親的成就莫不就是每天黃昏把點心水果奉上桌，就等著教高中英文的丈夫回來享用她所打造的幸福。她最愛的畫面就是丈夫和大兒子用英文談著莎士比亞，光聽那些夢幻般的對白馬上貫穿她莫名喜悅的內心，聽不懂反而更滿足，有人按門鈴也沒空回應，廚房灶台上若有爐子需要關上才想到他這個小兒子，青志啊，青志你在哪裡，還不快一點，湯快要滿出來了。

青志在家都很節制，走路特別放慢，想像自己就是一隻蚱蜢長期受傷。他盡量避免兩個肩膀起伏太大，才不會太過招搖而波及旁人，這固然是為了維護內心深處那可悲的自尊，其實更不想看到自己的殘缺一直打擾著這個世界。

他記得有一次健康檢查量身高，那位小姐要他站好，情急之下突然不知道所謂站好是要站右腳還是左腳？單撐右腳一七四，只用左腳則是一六九，若要兩腳同步只能像痞子那樣站得歪歪斜斜又漫不經心。那小姐問他到底站好了沒有，他怕她生氣，只好單撐一隻然後懸空一隻，懸空的那隻顫抖著離地五公分，感覺卻是咫尺天涯，只有自己知道這樣的人生宛若苦海。

因此他也很少和他們一起出門，自從懂事以來，只要遇到那種闔家團圓的牽強畫面，他就盡量迴避，或雖不迴避但也會在途中脫隊不見人影。他們曾經鼓勵他走在前面，好比就是充當一名領航者逆風而行，結果後面三人一路上硬是被他慢下來。他也曾自願跟在後面，沒想到他們每走一段就回過頭來等他，等久了自然也會心煩。也有一次分成前後兩人同行，父親刻意留在後面陪他走，好心勾著他的手肘，走起來反而礙腳，忽高忽低的肩膀有時還會往外偏出去，頗像個醉漢替他們撐著一條慢船。

兒時的回憶還算比較溫馨，那時走起來跌跌撞撞還被認為可愛，母親總是半蹲在他面前拍著手，再逐步往後退，然後鼓舞著他向前走，彷彿就是領著他邁向光明的未來。進入小學後，她就不再那樣拍著手了，她開始用說的，有時用喊的，青志，走慢一點可不可以，難道你很喜歡現在的樣子嗎？

他知道母親那麼不快樂，一半責任就在自己腿上，當初要能選擇就不會那麼草率來到世上。但她雖然無時無刻一再感到愧疚，卻並不是對他愧疚，而是對她自己的丈夫，總是擔心隨時會再犯錯，因而長期以來很少露出笑容。

為了討丈夫歡心，她竭盡所能，一杯茶大約每隔半個小時就去為他加熱回來，若發現他的膝蓋稍稍抖動馬上慌張地丟下自己的報紙。她一直睡不好，看了幾次精神科，回來後一顆藥都沒吃，只對自己的神經質感到抱歉，於是家務事就愈做愈多，最後實在找不到任何一粒灰塵可以效勞，終於突然買了一台縫紉機擠在洗衣房，隨時搜集一家人身上的破洞，沒事就坐在晾著內衣褲的竿子下縫縫補補，然後為了感到幸福，偶爾就微笑著哼哼小調，都是少女時代她聽過的民謠。

父親離家前，她正在為他織一件背心，說是夏天要穿的背心。

那時的青志已經出門在外工作，偶爾休假回來的夜晚，聽到的就是那台縫紉機寂寞的旅行，整晚一直咧咧咧地載著她來來回回奔命。

那件背心裁了版樣，還沒車好縫線，馬上就是那麼殘酷的夏天。

父親上完最後一堂課，神情一如往常。

隔天就是暑假，有事回娘家的母親還沒回來，而青志排到的輪休剛好就在這一天。兩年後他回想起來才恍然大悟，父親一個人坐在客廳，原來就是為了見他最後一面，才會把離家的時間安排在同一天。

他一進門打過招呼，偏著牆角想要悄悄上樓，就被叫住了。

父親一開口，說的卻是一個女孩的名字，埋藏在他心裡的人影。

「你出門工作快一年了，有讓她知道嗎？」

「我會放棄的。」以為接下來的就是譴責。

「說什麼，我又不是這個意思，為什麼你要放棄？」

啊，為什麼，人生多少困境不就因為這樣那樣的為什麼。

他根本不想談，也很訝異父親突然挑起這個祕密，感情的事就像他的長短腳，硬要同時走在路上總有一個是累贅。還有什麼要說的？他困惑地望著父親。

他們很少這樣獨處，當然也不知道這是最後一面。如果生命可以重來，父親還會這樣和他坐在這裡嗎？他並不認為重來後的生命就能改變家庭，畢竟在那重來的家庭裡，原有的幸福還是會分配在本來的位置，而他到時候可能還是一樣現在的自己。

但如果是真的，真的可以重來，他願意重來這麼一天就好，他會好好珍惜這個時刻，隨便和他說些話，問他暑假要不要出國，準備安排和母親去哪裡走走，你們校長真的會在這次的改組中入閣嗎？拖延一些時間，就能爭取一些時間，也許母親已經走在回家的路上了，再不久他就可以把剩下的時間交給她，她最擅長就是利用零碎的時間陪伴在他身邊，說不定就這樣排解掉一場山雨欲來的訣別……。

然而父親說話了，突然叫他去把大門關起來。

「就算你媽快要到家，你還是應該去把大門關起來。」

盛夏季節，客廳的冷氣都是晚間大家到齊了才開，這時若再關上大門一定燠熱不堪，何況小院子已拉上格柵，平常就只有母親進進出出在那裡掃地澆花。他不知道父親的用意何在？當他真的去把大門關上時，感覺上母親在那一瞬間就被關在外面了。

這時父親打開了櫃子，拿出一袋文具擱在腿上，看他關上門後遞給他。裡面有兩疊稿紙，信封信紙，日記本，空白筆記本，竟然還有一支鋼筆，同品牌一系列的新款式，書店裡他常看到，捨不得買但非常喜愛。

然後父親說：「一直等她回應是行不通的，以後你就用這些展開攻勢，不妨就當作練字，反正寫字你最行，寫久了自然就有感情。拿去，每晚就在宿舍裡慢慢寫，想要讓我放心就把它寫完。」

「她已經很久沒有回信。」

「這沒什麼，感情和挫折都是一起出現的，難道想等一輩子？」說完嘆了一口氣，「走，跟我到樓上。」

接著站起來了，嚇了他一跳。

所謂的樓上，那是父親個人專用的密室，利用兩個臥房中間通向陽台的小走道，找來木工師傅在那走道口嵌上一扇毛玻璃，外面看不進去，只有一片模糊的暗影。沒事時父親就窩在那裡面，像個候診病患坐在靠牆的長椅上，沒有人知道他在做什麼，只能想像他在沉思、寫寫東西或是抽煙，或者什麼都不做，只為了證明自己可以單獨坐在那裡。然後當他終於推開玻璃門走出來，所有的煙霧都在他身上迴繞，彷彿剛從一片烽煙的戰場回來。

他要青志坐在旁邊，事實上兩人坐下來剛好面對著一堵牆。

然後就在這個密室裡，這天午後，他看見父親掉下了眼淚。

「我要出門一段時間，可能就是暑假這兩個月。這種事跟你媽商量沒用，她絕不可能答應的，所以我讓你知道就好。青志，她哭的時候你就想辦法安慰她，當然，我也知道安慰很有限，否則我直接告訴她就好了。還有，記得不要讓她報警，就當作這只是我個人的旅行，何況我既然要去躲起來，就不可能讓任何人找到。」

「是要去哪裡？」

「這樣問最笨。不過，問得好，我想來想去，大概就只有你能體會這件事的意義。聽好，我以前愛過一個女人，也可以說，我背棄過一個女人，很不幸她現在生了重病，沒有人照顧。如果這輩子我還能為她做點什麼，大概就只有這一次，否則我會非常不安，一直沒辦法靜下來。」

「青志，我這麼做很殘忍，但我真的沒有更好的辦法，可能你也知道這二十多年來我活著就是為了這個家，但我不能一直這樣活著，我對得起你們就會對不起別人，人生就是這麼難。現在時間到了，就算這是錯的，我也認為應該錯一次，這樣你聽得懂嗎？」

「青志，不要這樣，我不是要你哭，反而希望你聽完後會更堅強。坦白說我和你一樣孤單，每天看著你的痛苦就像看到我自己，其實你這樣走路有什麼關係，總是走得到的，我們的人生走那麼快到底是要做什麼呢？」

「青志，晚上我就走了。記得寫信，不要放棄……。」

「青志……」

從娘家回來的母親，當天晚上開始到處找人。

青志你沒有聽到他說什麼嗎？摩托車還在啊，會不會直接走路去逛夜市？你從那邊去找，我去那幾家茶葉行看看……。

所有線索撲空後，她開始猛打電話，睡在校舍裡的哥哥也被她叫起來聽，嗚嗚嗚地泣訴著，哭完了對著話筒又說一遍。後來她開始翻衣櫃，拿著空衣架跑出來大喊，「秋天的夾克也帶走了，你爸爸是發生什麼事，怎麼了，我不相信，我真的不相信，青志你今天下午都在家，難道你都沒有發現到什麼嗎？」

暑期進修和學生補考事務，父親一概沒有參加，學校教務找來家裡，母親也報上了警察局。線上記者聞聲而來，一個禮拜後新聞見報，有的報導高中教師無故失蹤，有的寫成緋聞，有的寫成醜聞，不知從哪裡搜來了一張黑白照，一個三年級女生的眼睛蒙著馬賽克出現在文字旁，臉頰沒有遮掩，膨膨的嬰兒肥，含著什麼祕密那樣地緊閉著嘴。

青志不忍回去上班，請了事假留下來，每個深夜看見母親坐在客廳，對著父親平常的座位看得失神，手裡握著後來終於找到的一紙留言，只寫著一行字，因此她就一直喃喃念著那幾個字：對不起，開學就回來了。

青志自己很清楚，即使那行字的開學改成明天，對母親來說同樣都是空前的打擊。在她的情感世界裡，沒有人會離開她，何況是她最尊敬的丈夫，她的生命就是家庭幸福，沒有幸福的婚姻莫不就是沒有了生命。

這才開始懷疑丈夫到底有沒有愛過她？

青志陪她去過學校，先在教務處門口咆哮，接著一間間教室到處找，一個工友跑來告訴她說學校已經放暑假，要就等到開學再來。終於等到了開學，父親並沒有回來，於是她又親自跑到學校，找不到人就找那女生，結果教務處的人翻出學籍資料給她看，那女生既然是念三年級，當然早就在這個暑假前畢業了。

回家的路上，母親披頭散髮，他跟在她後面，從頭到尾不敢吭聲。父親塞給他的電話號碼就藏在抽屜裡。曾有那麼一瞬間他忍不住想要透露給她，但冷靜一想，她的悲傷總有一天會過去，而父親那種為愛赴湯蹈火的煎熬也許才要開始，儘管那是非常愚蠢的陪伴，然而世上不是到處說著什麼愛與包容嗎？也許父親就是在追求那種非凡的境界吧。

那段日子，青志只要想到就不寒而慄，隱隱覺得父親其實不可能回來了。以他連日近距離的觀察，母親已快陷入瘋狂，就算父親有辦法釐清那只是一種無私的愛，她已不可能還有那種包容的胸懷，愛到深處早已封死了所有的縫隙，一粒灰塵都別想塞進來。

期待著父親回來的內心，完全充滿著恐懼。

青志銷假上班後，每天繼續泡在一甲地的香草園。這份工作是父親以前替他引薦的，一個農學系教授在這裡遍植香花，研製各種精油。他除了負責看管精油蒸汽爐的運作，草長高了就拔草，梔子花開了就摘花，若是教授接到防治小黑蚊的委託案，也會派他跟著去當助理，負責撩起褲管測試小黑蚊的密度，每次二十分鐘，被叮上時必須忍氣吞聲，再拿起塑膠大嘴將牠吸進玻璃瓶，運氣好的時候只被叮上五、六包，再怎麼犧牲也只用到他的左腿。

這天下午，他一如往常光著腳趴在田壟上拔草。拔草當作休息，只須捏著兩根手指就能連根拔起，若是遇到嫩草反而一拔就斷，非要小心翼翼鏟開硬土才能抽出芽苗。

蕪雜的農事做完，他暫且躺在田埂上，直等著倉房那邊什麼時候傳來蒸汽爐的叫聲。然而望著天空這時候，教授的臉突然伸到頭上俯瞰著他。他一躍而起，有點驚慌，因為教授每週只來一次，而昨天已經來過了。他急著拍打身上的汙泥，以為自己哪裡沒做好，可能就要挨罵了，緊緊抓著斗笠垂在褲襠下。

教授沒說什麼，卻帶他進去只有兩個事務桌的小房間，不問他園事狀況，反而不知何故談起了人生的無常。青志心想，父親離家後，家裡頂多就是空蕩蕩，偶爾休假回去聽到的都是母親的悲傷，而他哥哥的研究所也快念畢業了；至於他自己，每日浸浴在梔子花香裡也沒什麼不好，人生若還有什麼無常，家不像家罷了。

這時教授卻替他拿來了外出服，他以為臨時又有委託案需要他幫忙，不禁面露著喜色，比起每天困在園子裡，他更喜歡聆聽教授在生態環境方面的公開演講。

然而今天這張臉，不像平常，拿在手上的衣服竟然哆嗦著。

於是沒多久，青志從他口中聽到了父親的消息。

教授要他趕快回家，一面觀察著他的表情。青志沒有表情。他脫掉了工作服，直接穿上那件襯衫，有那麼一瞬間四周完全靜下來。他提著顫抖的鈕扣像在尋找針孔，所有令人以為末日來臨的恐懼無聲襲來，猶如千百個燈泡在他眼前突然熄滅，然後黑暗掌控一切，一瞬間完全遮蔽天空。

2

青志把錢收進背包，接著準備洗澡。

連日寄出了幾封應徵信，養成了起床後提早洗澡的習慣，就等著也許隨時會來的面試通知。今天他還特別洗了頭髮，要穿的衣服也挑好了擺在床上，從來不曾這麼慎重，鬍子刮乾淨更是一定要的，昨晚也把鞋子擦亮了。

今天要去見母親。

此刻最困擾的就是這些錢，無可避免又要碰觸到她的傷痛。

若要避免讓她掉淚，直接把錢交到她手上就好，一兩句話帶過，就像擺擺手那樣輕鬆。當然她會想要問明原委，那就輕描淡寫，說昨天晚上有個女生來見他，是她自己找上門的，他都沒有亂說話……。

其實本來打算硬著心腸，直接到郵局寄包裹退還給她。

父親出事後，悲傷就像瘟疫，哥哥跑得比誰都快，本來還是個口口聲聲不婚不會死的硬漢，沒想到馬上物色到一個當教授的岳父，然後就在岳父的推薦下順利成為了講師，從此山高水遠，婚後直到現在還沒見到面。

母親的變化最大，突然去應徵收費員，挨家挨戶收取有線電視的頻道月租費，幾天後就喊著腰痛，結果卻跑得更遠，找到一座號稱南部最大的遊樂園當起督導，就像一隻鳥躲進森林，很明顯就是要遠離傷心地。

手機曾經傳來她在遊樂園的照片，站在碉堡一樣的督導室門口，穿著類似保全員的制服，一看就像個陌生人，沒想到還能擠出滿臉的笑容，眼神雖然有點空，幸好兩手比著YA，微微張著嘴，大概是說著嗨，看不出她所深藏的悲哀。

她寫過信來，兩封都是親筆信，一封說她打算把房子賣掉，另一封說房子賣掉了。青志最難過的是信裡沒有溫度，若是寫給哥哥，一定先哭再敘述，說穿了就因為哥哥也是讀書人，不會像他收到的是那麼冰冷的筆觸。

第二封信的結尾這樣寫：

賣了房子扣掉貸款後，每人都可以分一些。青志，你和哥哥的一樣多，不會少你的，雖然你隱瞞了那件事，直到現在我還是非常失望……。

梳得整整齊齊的頭髮，一套上毛衣又亂掉了。

父親被一個釣魚人發現時，身體卡在幾顆巨石攔下來的草澤裡。

那條大溪平常水勢湍急，沿溪立牌警示著各種禁止標語，可怕的是它最後會流過一所療養院的後花園，而聽說那個女人就住在療養院。

也就是說，父親在上游的大橋落水，算準了他將隨著激盪的水浪漂流，一路經過許多急瀨、漩渦、深潭或落石的邊坡，或者也經過他的一生，最後終於漂流到命運的擱淺處，也就是那個後花園的駁坎下，然後用他生命中的最後一瞥，越過那療養院某一樓的窗口，因為那女人就在當天死在那裡面。

青志直到現在還是覺得不可思議，那種多年以前早已分手的戀情，怎麼可能到了中年後還有那種愛的盲從，一個剛熄滅，另一個馬上跟著關燈，彷如兩架飛機來到不同的星空下同時墜落。

他從香草園趕回來，看到的父親已是冰冷的遺體。第一次看見死亡。死亡空無一物，只有周遭人影晃動，空氣凝結，哭聲忽遠忽近，最後帶著一切落入沉寂。與此同時，那一瞬間他看到的母親，悲慟之餘，對著他所顯露出來的，也就如同信裡所寫：直到現在我還是非常失望……，那樣的神情。

他只能經常反覆想起那天下午，倘若那天下午他沒有休假，而只有哥哥一人在家，那麼，父親也許就不會透露離家的祕密吧？有時想到這裡，青志才會稍稍感到安慰，覺得雖然遭受著母親冷漠的懲罰，至少他很欣慰父親在那最後一刻還有想到他。

午前的火車正在往南奔馳，青志看著車窗忽然笑了起來。

他想到一個畫面，那是有一次母親背對著餐桌蹲在流理台下，一手抹布，一手除蟲的噴霧，他以為她又在撲殺蟑螂，卻又不見動靜，問了才知道蟑螂都被她殺光了，她正在對付的是螞蟻。螞蟻躲在每個洞裡，而哥哥最討厭螞蟻。她就為了那幾隻還沒出現的螞蟻一直蹲在那裡，不敢出聲，也禁止他靠近，她說螞蟻聽到聲音會改變路徑而去騷擾到父親。

他在車上想著那孤單的背影，覺得母親其實是個可愛的女人。就因為太可愛了，上帝才不放過她，否則以她那麼專注的愛，她應該得到更多的同情，因為那種愛本來就很需要大量的同情。

但與此相反，他也覺得母親非常可悲，她一直想在父親面前表現自己的完美，怎麼知道竟然會生下他。因此若仔細替她著想，他覺得自己實在不應該再抱怨，畢竟這雙腿雖然長在自己身上，造成的卻是她這一生的殘障，這是他最不能原諒自己的地方。人的一生如果不需要用到腿就好了。

去香草園報到就是那時候的決定。本來想要上大學，但是兩腿不答應，它們沒有那種悠悠然走在校園裡的憧憬，右腳也許躍躍欲試，左腳卻認為會把隔壁的拖累，兩條腿後來商量的結果，也就是他現在的命運。

如今他辭掉工作回來，租下那個房間，才知道命運還在眼前捉弄他——就在朝北的窗口下，躲在體育公園後面的那條巷子竟然沒有遮掩，而那女孩就住在那棟磚紅色的公寓裡面。出於這個意外的發現，他翻箱找出以前的望遠鏡爬上屋頂，果然看見了萬家燈火中她家的客廳。

他曾遵照父親的期許，寫了十幾封信，結果證明那是錯的，愛沒有那麼簡單，否則在這鏡頭下明明都看得見，卻是那麼不堪地遠在天邊。現在他已不再打擾她了，就算拿著望遠鏡，面對的卻是個煙消雲散的焦距，其實只想知道她還是一盞燈，永遠照在他那黑暗的夢裡罷了。

青志不敢再多想，他開始鼓舞著自己盡量微笑，因為再過不久火車就會到站，而保持好心情是那麼重要——沒事的，一切都過去了，等一下就要見面的母親不會再跟他計較了。

青志沒有來過這種遊樂園，門票上印著園區的遊戲導覽，穿過樹梢已經瞄到雲霄飛車衝上最高點的掠影，驚叫聲被一層層雲彩的天空稀釋掉了，來到耳裡只像一種離他很遠的輕聲細語。

寒假人潮塞滿了園區小道，冬陽下撐開的傘棚像一片海，此起彼落都是一家又一家的歡笑聲，只有他獨自一人。他搜尋著母親照片中的那間碉堡房，找了很久，開始對那些吱吱叫的聲音感到厭煩，若不是為了背包裡的錢，他很確定這輩子不會來到這種地方。

後來他只好停在一棵樹下打電話，十幾分鐘後一個戴棒球帽的女人朝他走來。要說這女人就是母親有點冤枉，但就是她，以前最怕曬到太陽，竟然滿臉都黑了，何況還是冬天，那頂不戴也罷的帽子大概只用來禦寒，留著頸後一截馬尾垂在肩膀下。

「你一進來我就在螢幕上看到了，東張西望的，下車不會先打電話嗎？」她把帽簷抬高，擦了擦額頭又戴上，「跟我來吧，帶你上去參觀。」督導室不比廚房大，算算只能坐上三個人，看起來像在駕駛艙。

「我們做督導的就負責監看螢幕，有狀況就通報各部門。」

「你更瘦了。」她補充說。

她的黑臉較亮的地方只剩下眼睛，當她指著螢幕上幾十個分格畫面時，眼裡閃爍著忽然喜悅起來的光。起初他以為那是很假的掩飾，她的舉止不曾這樣輕快，以前總是一張宿命的臉，現在卻好像擁有了自己的天地，一摸著那些電腦按鍵，笑容就出來了。

她挑出一個單格畫面放大，順便問他辭掉工作回來適應得怎樣？「年輕人就要像個年輕人，你看這一男一女本來都不認識，一坐上摩天輪，有說有笑的，就像一對情侶。」

青志看到她這麼自在，放心多了，突然覺得沒有家也好。他不敢想像如果她還在家裡，大概只能躺在恍惚的房間，而哥哥還是一聲不吭寫著他的論文吧；至於相框裡的父親，這輩子就那樣了，看著空蕩蕩的客廳不會感到非常懊惱嗎？

「說吧，不要愁眉苦臉，有事就說出來。」她說。

他大略說了昨晚的事，把背包裡的錢整綑拿出來。

「妳什麼時候去她舅媽家，人家不要，退回來了。」

她愣了好幾秒。

他就知道她會愣住好幾秒。有時走在路上瞟來一個鄙夷的眼色，他也會像她這樣不知所措地愣住好幾秒，然後走得更倉皇。他提醒自己今天要柔軟，絕對不可以挑起她的悲傷，然而此刻卻就是忍不住，很想聽她說清楚為什麼要去送錢，咬定對方就是私生女有什麼好處，不是讓自己更痛苦嗎？

「這個女生長得怎樣？應該很像你。」

他不喜歡這樣輕佻的語氣，覺得自己好像也被汙辱了。

「她長得怎樣不關我們的事，也說得很清楚了，都是報紙亂寫，根本沒有那種關係，不然錢到手上為什麼不要，不就是想要表達她們的清白嗎？」

「清白是什麼，我聽不懂。」

「既然妳是受害者，為什麼賣了房子還會想到她們？」

「……」

「妳什麼時間有空，我帶那個女生來跟妳解釋清楚。」

「不要亂來，你是沒事做了？」

「對方硬要把錢退回來，我能怎樣？」

「我看你還是回去吧，錢也拿回去。」她把錢塞進他的背包。

這時突然一通電話進來，她聽完匆匆抓起一大串鑰匙，說有臨時狀況要她去處理。「你在這裡等，想喝點什麼，我等一下帶回來。」

他搖搖頭站起來，跟在她後面。她走得很快，迎面吹著颯颯的風，那頂帽子被她的手壓住，從後面看很像掩著臉在哭。兩個人一前一後走到魔鬼洞的路口，她停下來，叫他不要跟，等她下班後一起去吃飯。他說不用了，繼續往前走，早就知道談起敏感的事就會這樣，今天其實不該來，恐怕她也一樣不想看到他。

於是他反而加緊腳步走向出口，把自己走得四分五裂，以為這樣的背影一定會讓她很不忍心，沒想到後來回頭一看，母親並沒有站在那裡，已經消失在那些淹沒的人影中。

青志回來後猛打電話，語氣明顯地煩躁起來。難得鼓起勇氣見了面，沒有想到會不歡而散，錢的事本來就不關他的事，現在卻把自己困住了。

電話中他對女生說，要麼妳就趕快來拿走，不然好像是我做錯了什麼，妳知道我母親對我多不諒解嗎？她就是怪我當初為什麼不阻止我父親搭上那班車，才會發生後來的那麼多事。妳想是這樣的嗎？我阻止他就不會出事嗎？從一開始妳就不應該轉學來的，別以為現在把錢退回來就沒事了，好啦妳不是什麼私生女好不好，就來把錢拿走吧，不要再煩我了……。

「那如果我能證明叔叔的清白呢？」

「……」

「難道你不想，這也是你應該為你爸爸做的。」

「……」

「青志不說話好奇怪，哈哈，好像快要上當了。」

聽那聲音像在路上，旁邊那些雜音稍停後，她繼續說：「我的摩托車壞掉了，怎麼有辦法跑那麼遠去拿錢？你要罵可以，我給你地址好了，我們這附近有一間咖啡廳，明天怎麼樣？剛才我開玩笑的啦，我真的可以幫你爸爸找回清白喔，你想聽就來。」

他沒有馬上答應，但其實又很想聽。

清白是什麼？也許在母親看來，失去的是整個丈夫，清白與否已不那麼重要。他卻覺得非常重要，如果能找回父親的清白，這不僅可以稍稍彌補自己的罪過，也關係到母親這輩子對愛的信仰，如果幫她把信仰找回來，證明父親純粹只因為那麼天真，並不是真的要把她拋棄，那麼，也許有一天她的痛苦就能釋懷吧。

何況他覺得很有澄清的希望，因為父親那天不是那樣說的，只說他背棄過一個女人，並沒有說他還有一個私生女，如果一開始就想隱瞞，離家的事又何必那麼慎重告訴他？他覺得自己和父親之間應該還有什麼連結，也許更是一種有所共鳴的連結，否則那天不會流下和他一樣那麼孤單的眼淚。

3

深夜來不及細看的臉，此刻明亮的燈光下，已不再是那麼青澀的女生樣，也許已略施薄粉淡妝，舉止看起來收斂得文雅多了，不過兩隻眼睛還是那麼黑的亮光，看起來很聰明，就怕也很狡猾。

她伸開手指朝他晃著說：「哪有這樣看人，你是要跟我相認嗎？」

從她的側面看，臉頰是清瘦的，不像馬賽克照片那樣膨膨的臉。除了眼睛，較好看大概就是嘴唇的線條，咬得很緊那種味道，皮膚的白則因為蒼白，一看就知道不是很好命的長相。

父親的臉乾冷帶著鬱氣，加上和她不配的嘴型，比對起來使他放心。

「青志，你想知道什麼就問，不想聽也可以喊停。」

如果沒記錯，這是第三次叫他的名字。每次都在他的心裡震了一下。父親很少和他說話，也許都在她這邊說完了。他很想知道被父親說出來的自己，除了名字，還有什麼是說得出去的，會不會只是無奈的遺憾而已……。

「我還不知道要怎麼叫妳？」

「小雪啦。我就怕你不問，自己說出來又覺得很可恥。」

問她為什麼可恥，她說這是帶來災難的名字。

「沒有我不就沒事了，我媽偏要把我生下來。她懷孕三個多月，才知道那個人是賭鬼，還好後來殺人被抓到，不然我在肚子裡也會被他打死。」

「妳大概幾歲的時候見到我父親？」

「國中畢業後啦，有什麼好懷疑的，前後相差十幾年，要不是我媽後來生重病，他還不會出現呢，結果一看到她就哭了。」

「他每天就是從家裡到學校，兩個人怎麼聯絡上，還走上那條路？」

「偵探喔，哪有人這樣問。怎麼聯絡上，在雲端啦，不然就是在路上，在醫院，當然也有可能是老天爺……。你說走上那條路，什麼意思，是說他為什麼會去死嗎？覺得自己不應該太幸福，才那樣的吧？」

他聽了有點反感，但忍了下來，沒有喊停。

「妳還知道多少？」

「很想聽到更多對不對？既然我不是他的女兒，問我反而最客觀了，你猜是為什麼嗎？他對我那麼好，剛開始我還覺得蠻奇怪的，大概遲早就會對我怎樣吧，男人不就是這樣的嗎？結果沒有耶，你相不相信，他什麼都沒做，我甚至還覺得有點失望，大概長得太不像我媽。」

青志問她像誰，嘟著嘴開始抱怨，說她很怕自己像那殺人犯，所以從沒想要去監獄看一眼……。接著說回主題，竟然說出了自己的祕密：「你知道嗎？每學期的註冊費，都是叔叔用信封裝起來拿給我，多出來的叫我去買課外書。其實我都沒有買，每次都把剩下來的錢和信封夾在日記盒子裡，然後寫上日期和他的名字，寫得很小很小看不清楚。嗯，你知不知道這要做什麼，想要把這個人藏在心裡啦。不信你可以試試看，你只要每天寫一個最想念的名字，寫得愈小就愈有感應，這樣寫到有一天，這個人就會來到你的夢裡。」

「這樣也能證明妳不是他的私生女？」

「不然咧，人都不在了，我為什麼要這樣說自己？」

麵來了，墨魚麵，哇一聲讚嘆著，問他要不要嘗一口，忙著捲起麵條就要塞過來。青志有點害羞躲開了。他提醒自己不要問得太殘忍，換作他自己，以她所承受的處境，這邊要撇清關係，那邊又不敢去承認關係，恐怕早就崩潰了，怎麼還能像她這樣沒心眼，看起來那麼自在。

看著她吃麵，唇角兩邊都黑了，抹著嘴唇的時候突然沾上了鼻尖。

麵還在嘴裡，忙著又掏皮包，拿出一本冊子遞給他。

「餓一整天了，先讓我吃完，這本借你慢慢看，是我的日記喔，平常都鎖在抽屜，只有你看得到，不過你看到什麼都不要在我面前說出來。」

「那就不要，不應該看妳的日記。」

「不是要證明你爸爸的清白嗎？」

青志聽了眼睛一亮，趕緊順著夾頁的縫隙翻開，很多票根、紅葉、書籤和星星剪紙之類的小東西貼在裡面，典型的少女情懷。日記每一頁各有長短，寫她傷心葬了狗，寫她有一天發現母親難得露出了笑容，過幾天則又出現一張未撕開的電影票，滿註著失落的文字在旁邊。

來到另外的一天，他看到了這樣的小雪：

總算找到工作了，還是不要一直想死吧。今天在客運車上，竟然有人要讓座給我，好丟臉，都是舅媽硬塞兩大包住院用品在我身上，看起來更像不幸的人。還好媽媽已答應要去療養院，叔叔昨天也回去他家了。

但是沒想到啊沒想到，一走進阿嬤老家的客廳，竟然發現他還坐在那裡，他沒有回家，天啊，他為什麼沒有回家？

原來他訂好車票後，到了車站卻又臨時退縮，他說因為看到報紙又寫到他，這次寫的不是師生戀，而是外遇加上私生女，難怪臉色那麼難看，一直搖著頭說他已經沒有回頭路。

都是被我連累才變成這樣的，到底我該怎麼辦？

找到了工作很不容易啊，要不要去死呢？

青志看得兩眼發直，小雪問他怎麼了，反而使他突然想哭，趕緊咬住了嘴唇，沉沉地把臉垂下來。

他很欣慰看到父親確實已經準備回家，只是回不來罷了。

然而這樣就能消除母親的傷痛嗎？如果父親的死就像小雪說的「覺得自己不應該太幸福」，那麼，母親覺得自己幸不幸福呢？她所擁有的大概就只是表面幸福的孤獨，恐怕那是連死都不能相論的悲哀吧，哪有可能這麼簡單就能讓她完全釋懷？

小雪伸著脖子靠過來，他趕緊把日記闔上。

「看到哪裡了？」

「妳說看到什麼都不要說出來。」

「可是你的表情告訴我了，很難過不知道怎麼辦對不對？其實我也知道，你媽就算看了這本日記也是沒用的，只要你願意相信就夠了。」

「既然說沒用，為什麼又要叫我來，到底能證明什麼清白？」

「……」

「我還是應該把錢拿來的，本來帶在身上就要出門，臨時想到妳會說出什麼驚天動地的關鍵證據，也許就用不到錢，所以才又從背包裡拿出來。」他說到一半，看她已說不出話，想想也差不多就這樣了，只好反過來安慰她，「好吧，沒妳的事了，這本來就是我們家的問題。」

這時卻看見她喃喃說著什麼，聽不清楚。大概說著對不起，他想。

可是卻又不太像，含著什麼祕密似地，鼓起兩頰生著自己的氣。

服務生已走過來收著空盤，他看看時間，還有公車開到他那裡，於是站了起來。她跟著收拾日記丟進皮包，卻沒有起身，反而叫住他，「其實有一件事，我還沒有說出來。」

嗯，他在心裡頓了一下，等待著。

「這裡太亮，說出來的時候我不想被你看到。」

「那我轉身看外面，這樣就看不到了。」

外面街上有些店家已打烊，旗幟上吹著前天晚上那樣的風。

「現在妳可以說了。」他催促著。

「那不一樣。你跟我走回去，不會很遠，我在路上才說。」

「是怕我聽到什麼又受到嚴重打擊嗎？」

「對啦。」小雪說。

兩人在咖啡廳外左轉，走進一條較暗的巷子，沒有風跟進來。

小雪走在前面，中途停下來換到他右邊，卻發現他的身體會往外傾斜，而後面隨時有摩托車衝上來，於是她又悄悄轉到外側，果然走沒幾步就碰到了他彷彿依偎過來的肩膀。

青志不曾被一個女生這樣帶路，走起來反而格外辛苦，雖然很想要走得正又直，可惜這早就是被注定的人生。但是他已習慣了，以前和那女孩就是這樣走在一起才分開的，其實從以前到現在包括家人也一樣，不就是這樣走著走著就分開了嗎？

他正想著已經走了一段，為什麼她還沒開口，這時聲音總算出來了，以為就是他所期待的答案，趕緊把臉轉開，像玩遊戲那樣故意不看她。

「我想起來了，你說叔叔每天就是從家裡走到學校，怎麼會跟我媽聯絡上？你是這樣問的對吧，告訴你啦，這有什麼好懷疑的，兩個人傷心著同一件事，遲早就會走在一起的嘛，青志不覺得我們現在也走在一起嗎？」

這不是他要的答案，不過她這樣說也對，現在當然一起走在巷子裡。

「但是你也不要誤會，我並不是故意要這樣和你走在一起。」

「我知道，妳有一件事要告訴我。」

「現在就要說了嘛。你知道嗎？我已經兩晚沒睡，就一直想著要怎麼幫你找到辦法。後來我終於想到了。什麼辦法可以讓你媽媽恍然大悟呢？什麼辦法可以讓叔叔安心離開呢？又有什麼辦法可以讓這個悲劇圓滿收場呢？看起來好像都是做不到的，但青志你要不要相信我，我認為馬上就可以做到……」

她的聲音忽然下沉，說著卻又哽咽著，像一條弦鬆掉了。

「我有一個願望，希望有一天，你帶我去遊樂園，把我介紹給你媽媽，我會勇敢又大方站在她面前，而且她一看到我就哭了，馬上把我抱緊緊，因為只有她知道這都是她故意的，故意說我是個私生女，其實她早已相信所有的事都和我無關，那些錢是要給我媽媽的，我想這才是她最偉大的地方。所以我的出現反而是個全新的開始，青志，苦命的人都是這樣找到生命的，我的意思是說，我願意和她一起證實，過去的一切真的已經過去了。」

青志聽得一頭霧水，覺得她在作夢，他自己就不曾這樣奢想，早就被一種無望的悲哀所占領，而且以後也就這樣了，還有什麼辦法可以改變？

「說吧，小雪。」他洩氣地，轉過頭來看著她。

「終於叫我的名字了。」

「叫妳一百遍都可以，只要妳做得到。」

巷子深處，公寓樓下半掩著一扇紅鐵門，裡面亮著一盞燈。

他發覺小雪一直看著那盞燈，一邊緊緊抓著皮包上的肩帶。

「我家就在前面，所以現在也不能不說了。青志，我說完就會直接跑進去，你絕對不可以跟過來，就在這裡說定，不然我會很生氣。」

她突然這麼當真，嘴裡又默念著，好像還在複習什麼密語。

「如果現在不說出來，以後我就不可能會說了。」她轉頭看他一眼，彷彿就是最後一眼，「青志，就是這樣，明天我們去結婚，我嫁給你。」

她說完真的往前衝了，皮包晃蕩得像書包，餘音也跟在後面晃蕩著：不要馬上回答，不要有聲音，也不要一直看我……

跑著，喊著，前面的紅鐵門被她關上了。

青志回來時，鄰人在梯間裡遇見他，問他怎麼了，那麼開心。

很多事，很多喜悅，突然湧上了心頭。他先走進浴室，對著鏡子，看見的是小雪的鼻子，鼻子上殘留著墨魚麵沾到的那一抹黑——喝著咖啡時本來想要提醒她，後來沒有提醒當然是有那麼一點惡意，現在想說已來不及了。

接著他把紙袋拿過來，覺得不該再讓它流浪，想了想終於決定拆開。

紙袋裡兩層棉紙，滿滿裹著六疊新鈔，還有一張卡片。卡片裡沒有字，看起來卻像千言萬語，可見當時那是多麼細膩的傷痛，當母親做著這件事的時候，難道早已知道這就是一種包容嗎？一般人是做不到的，那要穿越多少障礙，淹沒多少眼淚，抵擋多少風雨的潮水，才能帶著傷痕攀上那種孤獨的境界。

錢雖然送錯了，但母親顯然也做對了，看來父親在她的生命中並沒有死，也許她最後就是選擇了原諒才會去送錢，然後把她心裡所有的傷痛清空，讓父親繼續住在那裡面。

住在裡面的父親以後就不會再亂跑了。

青志剛才就是突然湧起這樣的感觸，才會在樓梯間裡忍不住地笑著，這當然也是因為小雪帶來的震撼，才會使他冰冷的內心逐漸溫熱起來。他未曾想過的結婚這個詞，為什麼從她口中聽來就是那麼神奇，彷彿所有的悲傷很快就要像海浪般退潮了。

當然，接下來還有困難的路要走，他希望盡快鼓起勇氣再跑一趟遊樂園，就帶著小雪，或者雖然帶著小雪但先讓她躲在摩天輪裡，母親不是要他像個年輕人嗎？「你看這一男一女本來都不認識，一坐上摩天輪，有說有笑的，就像一對情侶……。」

因此，搭著摩天輪的小雪將會看見他走進碉堡房的身影，而母親就站在門口親自迎接他，用她從未給過的溫暖擁抱他，甚至親吻他的額頭，把他因為深深的歉意而汩汩湧出的汗水輕輕擦乾又擦乾……。

最後他還是又想起了小雪。兩手枕著頭，眼皮一直跳著，整晚闔不了眼，一個瞬間連接著一個瞬間，以致後來終於盈滿了淚水。為什麼不呢？只怕自己不配啊。此刻他最擔心的還是她的鼻子，她回家後大概已經照到鏡子了，不知道會不會計較他的壞心眼，那雖然只是一擦就掉的墨跡，就怕她一生氣也把他擦掉了。

顧先生的晚年

沉寂那麼多年後，突然打擾很抱歉。

寫這封信不是我的本意，只想告知有個小東西要給你。

請你親自來，樂華街的小郵局，你從那裡右轉，第七間店面，一家美術材料行。你進去後直接問櫃檯，找一位江小姐，她會把一個青藍色的盒子交給你。如果只派司機來，雖然非我所願，但也不該讓你為難，你就交代他直接把車開到店門口，很好找，對面剛好就是小公園。

寫這封信非常猶豫，和寄放這個盒子是一樣徬徨的心情，不是猶豫該不該寫，而是擔心連這封信也寄不到你手裡，如果真是這樣，我只好再去把盒子拿回來。但我會不安，會深深覺得這是個遺憾，雖然它微不足道，卻是我這一生最後的心願，如果你認為它不重要，那就沒有什麼是更重要的了。

也許你會納悶為什麼我把它寄放在那裡？這很正常，所有的事物都是經過遺忘才會失去它，否則任何時空它都在，就像這家材料行，它看起來那麼不起眼，誰還記得它轉了幾手才變成現在的模樣，材料行的前身是披薩店，再前身賣古董，也曾開過幾年的補習班；至於更早的年代，不知道你是否想起來了，也就是經常的午後你帶我去那裡藏身的咖啡館。

我無意重述那段往事，只想讓你知道，這褪色的舊址很適合寄存我的心意，才那麼期待你能親自來。為了慎重起見，或也為了我自以為是的情感，我找來兩層粉彩紙封裝起來，再用小小的紙盒保護它。請別誤會，也不要感到恐懼，它就像這封信一樣毫無其他意圖，只因為這世上如此冰冷，難得有個十多年前的心念還沒熄滅，我才那麼希望你能收下它。

如此我才能放心，並且如同當年所謹記，永遠在你面前消失。

老許把車開出庭院口，車頭車尾已洗淨擦亮，車廂裡也一塵不染，就等著顧先生下樓來。他年紀很輕就來到顧氏企業，公司先派他到鞋廠，幾年後才調回到本部，再經過二十年的人事變遷，由於忠心耿耿而爬升為董事長助理，直到去年顧太太突然病逝，顧先先才轉調他回來這棟別墅裡兼管家。

今天要去參觀一家新開幕的畫廊。

等著出發的時間，老許盯著樓梯下的地面層，沙奇隨時會從最後兩階跳下來，只要遠遠瞧見那條黑尾巴，他就知道應該要出發了，這時他就會準確地發動引擎，然後站在還沒打開的車門旁等待。

下來了。看起來顧先生昨晚又沒睡好。

老許一瞄眼就知道，只是不想多嘴。不快樂一定睡不好。

車子開出大街，沒多遠的畫廊很快就到了，於是他趕緊對著擋風玻璃說：「祕書剛才打電話來，董事長有一封信，她想知道你會不會進公司，沒有的話叫我自己去拿。」

「紅白帖就算了。」

「是一封信，沒有寫地址。」

「那還問，來路不明就不要管它。」

「可是祕書說，看起來很像女人的筆跡。」

「那更要直接丟掉。」顧先生說。

從電話中聽到盒子還在，我不禁啞然，但也不覺得意外，畢竟我已成為你的陌生人，這是寫信之前就應該想到的。盒子卻不能一直放在那裡，我已答應店家會去拿回來，但與其拿回來後更加不安，只好強迫自己再寫這一封打擾信。

為了避免引起你的疑慮，我只好從頭說起。

也許你真的很忙，不能浪費一點時間走進那條街。你可能不知道我浪費的是生命。十四年前若我知道今天的處境，自然就不會在那條暗路上走在你身旁，然而任何一個渾然不覺的當下，誰能預知當時的愛會帶來這樣深刻的悲哀。我只記得那時的我是快樂的，每次跟著主管去簡報設計案時，總是額外帶去一種非份的期盼，只等著在那繁複的會議中能夠偷偷看你一眼。

我不知道二十八歲的當時為什麼還有那樣少女的心，那是多少莫名的憧憬、崇敬以及怦怦跳的心靈混合起來的情意，毫無現實世界的警覺，以為那只是身為女人偶然會有的愛戀，一切的遐思都會在清醒後自然消失。

那是生命中最慌亂的時刻，當時的我已有男友，和多數人一樣已經走在沒有痛苦但也沒有驚喜的路上，在可預見的將來也會結婚生子，過平淡日子，然後面對慢慢變老的歲月。我不知道世上竟然還有一種愛是那樣糾纏，足以在每個迷惘的瞬間摧毀女性的內心，使她莫名陷入無助、渴望和想像，即使明知會死也想要暫時蒙上自己的眼睛。

我無數次矜持、克制，心中貼滿各種禮教的警語，那樣的時刻，其實我還有機會閃躲、逃遁或視而不見，就像很多人都有倖免於難的機會那樣。然而在那危顫顫的鋼索上，臨門一腳把我推上去的，卻就是你像催眠那樣的一句咒語。

你可能已經忘了。我的不幸就是因為我還記得。

你不像一般男人那樣傾訴內心的苦悶，而是直接向我坦言，要用所剩無幾的六十歲去燃燒愛，然後趁著尚未昏聵的生日那天結束自己的生命，而不願繼續受困在人間名利和婚姻的枷鎖裡。

啊，為了誘使女人用情更深，一個男人通常都有這樣的戲言。沒想到我聽進去了，我全身一半懸空，一半掉落懸崖，從此飛身墜入無重量的迷航。認真說來，世上有誰願意看著她的男人死，但身為女性往往就有那樣浪漫的不捨與深愛，馬上就陶醉在男人願意為她而死的幻夢裡。

我當然知道你的身邊還有個顧太太，然而女人最大的悲哀莫不就是明知有她卻也想要有我。當我第一次見到她時，黑暗的內心甚至是充滿著敵意的，可想而知當時的愛戀是多痴狂，在那匆匆一見的瞬間，很快就在心中把她消滅了。

果然那種歧愛只像煙花露水，短暫的幾個月後，顧太太終究還是顧太太，事情由她揭發，你來善後，而我只能準備聆聽各種罵名。而你為了及時壓制關於出軌、外遇等等有損於成功男人的字眼出現，馬上在那最快的時間內把我送去機場，美其名不讓我受到太多責難，實則在那一刻我已直覺到你就要把我拋棄了。

寫下的這些其實都不是重點，只為了催促你去把盒子拿回來罷了。

我到了日本，輾轉去到宇治，一路要求司機停車讓我逗留，只想在人多的地方消除內心的恐懼，中途也曾在一座橋上拍了幾張從我背後悠悠流逝的江水，像攬鏡自照那樣看著一個逃難者憔悴的嘴臉。然後，我像個自助旅者坐在窗邊舀著抹茶冰淇淋，好冷的深秋，全身瑟縮在來不及添衣的寒意中，聽見落葉聲窸窣掉下來，看著一個個歡樂的身影頻頻流過窗外，直到日落時分的江邊那些紅葉漸漸蒙上了暗影。

我投宿在看得見橋墩的旅店，起初不敢進房，先在大廳商店裡閒逛，急著撫平內心的混亂，一直想把腳步放慢再放慢，以為只要這樣冷卻下來就能消除心中的不安。一個小時後走進房間時我甚至輕手躡腳，先煮一壺熱水，一邊吃著飯店招待的薄餅，含在嘴裡不敢咬碎，非常小心，然後靜靜寬衣，彷彿擔心打擾到這個孤單世界的寧靜。

多年後我才明白，原來愛的失敗沒有那麼簡單，失敗了就很難收回來，它開始在體內蔓延，以一種爬藤的慢速悄悄把我纏繞，而我一無所知，以為只要不動聲色，所有的疲憊、空虛和恐懼自然就會消失不見。我不知道結果會是那樣，已經那麼小心，一摸到冰冷的床卻突然開始顫抖，不知何故，不明所以，一種心裡很痛的挫敗感瞬間襲來，非常強悍，難以躲藏，使我終於抵擋不住而放聲痛哭。

你不會知道那究竟是為了什麼吧？只因為你的眼神。

你在機場送行的眼神。那時我斜揹著簡單背包，停在最後幾秒的離境關卡前，想要看你一眼，卻突然發現你的眼神不見了，那已不是你，是一雙宛如空窗的黑洞之眼，那飄忽的眼色帶著逃遁的訊號，一看就是永不再見的訣別。

果然那是真的，十四年的時間證實了那是最後一面。

這麼多年來，我不曾寫過信，也沒有打過電話，更不想要打擾你的生活，只因為這盒子裡的東西是我從日本帶回來的心意，只好寫下這段歷程讓你放心。我們之間就只剩下這樣了，根本沒有任何世俗所見的恩怨，否則誰能沉默了這麼多年。

一切只因為我所忘不掉的你的誓言。你今年剛好六十歲。

老許回來公司請款正要離開，祕書過來堵住他，手裡晃著一封信。

「又寫來了，還是沒有地址，你看要不要帶回去。」

老許接到手上，信封裡面鼓鼓的好幾張，這讓他有點為難，上封信不看就丟掉，但就是沒有交代如果寫了一大疊的該怎麼辦？

「董事長明天來公司，妳自己拿給他。」

「怕什麼啦，說不定這封信對他很重要。」

一個小時後，老許從市區把顧先生接回到另一棟大樓，趁他還沒下車，趕緊掏出這封信，「上次那個又寫來了，一樣沒有留地址。」

顧先生沒拒絕，但也不想看，「你替我看吧，囉唆的不要告訴我。」

「寫很長。」

「我上去開會兩小時，你慢慢看，能有多長。」

老許最欣賞顧先生這種不囉唆的個性，用語簡單，絕對，一聽就懂，不用費心揣摩。不過「囉唆的」這三個字讓他覺得有點困擾，要怎麼判斷囉不囉唆有時真的很難。以前顧太太還在的時候就很囉唆，一說千百句，就不知道哪些話可以不聽她說完。顧先生不快樂是有道理的。可是如今囉唆的已經不在了，不知道他為什麼還是那樣不快樂？錢那麼多還不快樂不如沒有錢。浪費那些錢。

他把車停到兩樹之間沒有太多暗影的空地，有樹就有鳥糞隨時掉下來，他要專心把這一疊信好好看完，這可是顧先生對他的信任，鳥糞來干擾是不行的，有鳥也不行。

他開始看信。看了很久的信。一點都不覺得對方囉唆，每個字看起來都很重要，因為假如不寫這個字和那個字，每個段落和結尾就不會那麼精采。可是也很納悶，雖然不覺得她囉唆，那又為什麼還能寫這麼多。不過真好看。顧先生平常繃著臉，被寫進這封信裡就變成很一般的薄情郎了。其實很多做事業的男人都這樣，他老許最常聽到的就是那些開車的，閒來沒事聚在宴會場合的車棚下說著自家老闆，說著說著然後大家一起笑歪歪，做司機的也只有這樣揶揄幾句的自得其樂，不然早就去當老闆了。

「那你的老闆呢？」

輪到老許說話時，馬上斂起了笑意，這才結束一場閒言閒語。

他覺得自己對顧先生不只是效忠，還有一份發自老臣內心的真感情，就像自家人，擁護都怕來不及。信裡提到十四年前，這就讓他想起來了，那時他們夫妻吵架是跨部門都知道的，他老許每次聽到就暗暗高興，這固然是對老闆娘的神經質有點反感所致，但最主要還是因為顧先生那時候每天都很開心。

男人什麼時候最像男人，大概就是那種偷偷摸摸的時光。他注意好幾次，顧先生儘管又忙又要吵架，卻有時他的嘴角線條會出現驚人的變化，經常在沒人看見的角落微勾起來往上揚，那顯然就是偷了什麼才有的竊喜，很像一個小賭徒贏了幾把剛從巷子裡溜出來。

這封信說來說去還是為了那個盒子，他覺得自己有責任把關。嚴格來說，若是恐嚇信，甚至裝了爆裂物，那就不可能還要寫滿六張紙。但如果只是送個禮，實在更不需要像使用說明書那樣寫一堆字。一般比較慎重的男送女大都是珠寶首飾小鍊子，女送男則大概就是領帶別針或圍巾古龍水之類的，像這種寫得如泣如訴的就很不好猜，如果恩怨已經那麼重，還送這種小東西是要做什麼呢？

他自己收到過的貴重禮物就只有去年的生日，五十七顆草莓很好笑地種在一盤蛋糕上，可想而知明年阿秀送給他的會更貴重，又多出一顆。活得愈久草莓種得愈多。他真希望顧先生也能體會這種知足的小快樂，趕快把過去那種偷來的笑容找回來，難得創業有成，還那麼不快樂不就是一種病態嗎？

不過還是為他高興啦，至少還有人寫信來。他老許也收到過一封女性的筆跡，這幾十年就那一次，一顆心怦怦跳，拆開才發現是一群歐巴桑聯合舉辦同學會的邀請。老了才知道以前不偷點什麼實在划不來，男人不偷怎麼有本錢呢？難怪那時候的顧先生每天再累也是神采奕奕，有一次從洗手間出來突然跟他說了一聲早安，害他嚇得怎麼說呢，想起這件事就覺得很丟臉，竟然當場感動得回了一句謝謝。

真想趕快去把那盒子拿回來。

此刻最讓他憂心的還是結尾提到的六十歲。

這真的是言重了，發誓當然是為了泡妞，但很少有人拿生命來賭的。據他這種下人粗淺的見解，男人都是脫掉褲子的時候最勇敢，什麼都答應，什麼都願意，就是不能阻止他把子彈上膛。笨蛋才說那種話，六十歲就要死，那不就是下個月嗎？

這時突然真的掉下一坨鳥糞了，起了秋風斜吹過來的，噗一聲的白色潑漆刷上了擋風玻璃。平常他最恨這種鳥，沒當過司機的不會懂，倒楣的時候一瞬間就來兩坨，都是夫妻鳥一起幹的，上次只等顧先生去喝杯咖啡，衝下車好幾回就是擦不乾淨。

電話也響了。老許打直了駕駛座，一看錶真的剛好兩小時。

「再十分鐘可以結束，你把車開過來。」

毫不囉唆的指令，他趕緊下車清鳥糞，果然不久顧先生就坐進來了。車子裡一直沒聲音。顧先生每次只要進來坐定，車子開動，窗景倒退，沒有聲音的氣息就會開始瀰漫，直到下一站才又響起開門下車的聲音。真想問他你每天這樣悶悶不樂不會覺得很痛苦嗎？此刻他老許還在等著顧先生問起這封信，可惜好像已經忘了，他只好憂愁地回頭說：「我把信看完了。」

「嗯，那到底是誰，說了什麼？」

他搖搖頭，覺得很難說，反手把信遞到後座，讓他自己看，看完再去把那盒子拿回來。後座卻一直沒有把信看完。第一頁看很久，看到一半突然翻很快，大概是翻到了最後一頁才又回到前面停下來。終於看完了。但很奇怪，老許還是等不到他的聲音，覺得他好像反而把一股氣倒吞回去，徘徊在胸腔，直到憋不住才發出一聲非常壓抑的嘆息。

因此有關盒子的話題就沒有機會提起了，車子裡很快又陷入剛才的沉默。沉默大概也是另外一種的不囉唆，他老許有時候不得不佩服這種沉默的威力，好像足以把人生各種苦痛濃縮在一起。

我已經是個無害的女人，你盡可放心，這也是最後一封信。

既然是最後的信，我想還是應該有所交代，畢竟前面的信沒有提到後來的我是怎麼活過來，也許就因為這樣而使你徒生很多疑慮，才會讓那盒子直到現在還留在那家店裡。

若是這樣，我就更應該解釋清楚，以免使你誤以為我是在對你思念，畢竟我們之間早已結束，不僅從分手的那一刻已經結束，其實當我們沉浸在那短暫的歡愉中就注定要結束了。

那一趟的日本回來後，我一直等著你的消息，不是等待重回溫存的懷抱之類的憧憬，而是等待著一個簡單明白的答案。一個女人不論她多天真或是多絕望，她總想要知道自己是被拋棄還是被徹底忘記。被拋棄是愛的失敗，被忘記則是愛的徒勞，兩者不見得完全相同，卻都需要由你親自下指令，哪怕是個不堪的指令，這個女人才會知道這是什麼命運。

但你一直沒有消息，我每天醒來第一件事就是等待，然後忍耐，然後直到最後感到心寒。那種空等待的悲哀你不可能懂，何止是等不到一個失約者那樣的無望，而是發現那男人根本不在乎誰在等待，早就在他自己的世界裡獨自躲起來。

我彷彿等到戰爭結束，傷兵已自遠方歸返，所有槍礮下的死滅者早就化為白骨，卻就是獨缺一人失去訊號，沒有被俘，也不見獨自下山，從此平白無故在那戰場的上空消失。我等了整整五年，只知道你活在世上，事業進展，身上沒有任何一點點傷，甚至那稱之為心靈的隱密之處也不會感到不安，而且非常平安。

我本來可以直接去找你，並不是沒有勇氣，而是認為我們對待一份失去的愛不必總是這樣。我曾有幾次忍不住愚昧的衝動，站在公司對面的大樓陰影下望著那傷心的窗口；也曾在紅燈下的車窗裡看見你，一直等到你的座車絕塵而去才敢抬起頭。另有一次是在音樂廳外的長椅上發現了你的背影，我只要一揮手就能被你看見，然而我不願意被你看見，畢竟我不是為了要見你，而是等著你會不會主動給我訊息。

五年後我認識了一個人，他從事一種滾輪印刷工作，日夜顛倒，和我當時的生活完全一樣。初見面是在某一天的凌晨兩點，他從印刷廠趕來醫院探望他生病的母親，臨時在那急診大廳的走道上幫我推床。我醒來的時候他還在，走來走去忙著通知醫護人員處置我的病情，這時我才發現他用右腳走路，左腳只能跟在後面拖行。凌晨接近天亮，他看不到有誰替我辦理住院或帶來盥洗用品，認為我沒有親人，留下了一張名片交代我隨時可以找他。我沒有打過一通電話，他也沒問我同不同意，卻就是每天來，來的時候低著頭，不敢說話但也不想離開，直到醫護人員進來時他才退到門外，然後繼續等待。

他使我意識到整個世界已經沉沒只剩下一塊孤島，孤島上只有這兩人，三個多月後，我在一種混亂的無助中點頭答應嫁給他。

婚後他一直對我很好，而我希望他對我不好。你可能不明白這個意思，我自己也不見得完全明白。我不知道他愛我多少，只知道我自己已經把愛用完了。我帶著無愛的身體依賴他的扶持活下去，和他住在一間溫暖的房子裡，他處處討我歡心，隨時以他能力所及的物質和他所相信的愛來愛我。而我感受到的卻是更深的羞慚，我從你那裡帶回來的只是一具不潔之身，只想以他殘障的身形作為我的懲罰，或稱之為贖罪，沒想到他卻給我更多，多到超出極限而使我無地自容。

我們後來有了孩子。孩子四歲那年，我開始身兼父職。

一天深夜，他突然沒有回來，莫名吵鬧的孩子忽睡忽醒，窗玻璃颳著颯颯的風，聽不見對講機的呼叫，直到管理員帶著警察上樓來敲門，這時我才知道他出事了。他從一棟還沒完工的大樓屋頂往下跳，也有一說是從某個還沒做好的陽台缺口，總之那不是意外，是他太累了，他毫無選擇餘地而直接跳下去休息。

半年後我整理他的遺物，才發現自己保存十四年的一個小紙袋，不知何時被他夾在一本舊辭典裡。那是不該讓他知道的祕密，他卻知道了，裡面有我傷心的字條，寫著逃難當年的日月，你的名字，你活到六十歲的誓言，以及日本最後一夜我匆匆寫下來的字句。

倘若我主動讓他知道，以他對我的寬容絕不會把這件事放在心裡。或者他也可以問我，沒想到他選擇沉默，寧可在這別人的祕密中把自己孤立起來，然後用他的死來愛我。

我這輩子的罪已贖不完，只能祈求別再給我一個罪。隨著時日逼近的你的誓言，我每天開始惶恐不安，明知那是個虛假的誓言，然而人間又有多少真話呢？因此，與其每日無端地擔驚受怕，我才終於鼓起勇氣寫信給你。

如果連一個盒子也讓你擔憂，我想我反而應該可以放心了啊。

這最後的一封信，就請你珍重了，願你平安。

第三封信又來了。祕書在老許眼前晃幾下，故意不給他，直接拿進房間。

老許坐在位子上。等一下還有行程，但他不想催促，就讓那寫信的和這個讀信的一起關在房間裡，分手那麼多年也真可憐，暫時讓他們這樣重逢也是應該的。他老許最不放心的還是外面那些女人，排隊的好幾個，不是硬扯過去的一面之緣來示愛，就是巴著媒人安排一場燭光晚餐，這種半路殺進來的都不牢靠，先想他的錢，再等他的死，現代社會還講什麼愛不愛，哪有像這種孤女的願望耗了十四年才寫信來。

自從看了上封信，他對這女人的分寸就很有好感，也覺得顧先生若要善待自己的晚年，從理性或感性都應該優先考慮她。當然啦，換算年紀該有四十好幾了，這對她來說當然比較不利，但是男女情事其實也很難說的吧，自己的女兒年紀輕輕沒人要又怎麼說呢？一想到這醜八怪就讓他心煩，化點妝應該也是有鼻有眼的，偏偏都不要，出門短褲配拖鞋，站著兩腿開開，這教顧先生怎麼看得上眼？有時只好突發奇想，期待他突然生一場不會死的病，讓這醜八怪就近去照顧他，人家說近水樓台，好歹還小他三十好幾。但這當然純屬想像啦，哪敢讓阿秀知道這樣卑微的想法……

桌上的電話響了，顧先生問他下一站去哪裡？

「要去鞋廠。」
「如果不去鞋廠……」
「那就剩下一個，去飯店聽代理商簡報。」
「如果都取消，老許……，啊，我看你還是進來一下。」
堂堂的大老闆也會失去方向，老許忍不住想笑，第一次聽見他連續了兩個如果。如果當初不上人家就沒事了。他開門進來，看到黑色皮椅空著，人站在窗前看著窗外，窗外少許的陽光投射在玻璃帷幕牆上。老許收起桌上凌亂的報紙，告訴背影說，你想去哪裡都可以。
顧先生轉過身來，指著桌上那封信。
「老許，你對她還有沒有印象？」
「見過兩次，還記得很短的頭髮，提報設計的時候眼睛很亮。」
「碰到這種事，你認為應該怎麼做？」
「我沒有看這封信，不敢有意見。」
「至少你看過上一封。」
哦，關於上封信，他想來想去還是覺得顧先生無情。就算是露水因緣，也不該把人送到機場就忘乾淨，那段感情既然是偷來的，好歹也要想想被偷的心情。當然啦，這些年每天繃著一臉死樣子，大概就是在懺悔，但誰知道是在對她懺悔還是對顧太太？

老許想在心裡，不敢說，只能這樣說：

「我覺得她很善良，否則早就寫信來了，不會拖到現在。所以那盒子裡裝什麼很重要，先拿回來看看再決定，應該沒有什麼威脅性，要是我的話，早就去……」

「老許。」

老許一聽到這兩個字，就知道自己只是老許，不然真想表達對這女人的同情。這時他只好改口，他說：「你不用出面，我去幫你拿回來。」

顧先生坐在後座一路叮嚀，停在郵局附近就好，東西一拿到就出來，盡量不要和店家囉唆。說完又叫他稍等，從皮夾裡掏著錢。

「太麻煩人家不好，我看就順便買一些素描本和粉蠟筆之類的，帶回家說不定你兒子還用得上。」

啊。他老許就只有這麼一個女兒，幾年前還曾帶她參加公司的迎春酒會，只是當場忘了多介紹幾下而已，到現在還把她的臉說成兒子的臉。真丟臉。都怪阿秀當年把她生得那樣，雖然不能說她難看，但仔細看就是非常不美。不過此刻也沒心情解釋了，他好奇的是今天這封信，到底寫了什麼讓顧先生這麼猶豫不決，硬要親自來押陣，卻又躲在車子裡怕天塌下來。

他走進美術材料行，籠統地說了幾句，加碼比劃幾下，店員一頭霧水喊來了江小姐，一聽馬上就懂，從櫃檯下的抽屜挑出一個青藍色的盒子，盒子小得不像話，以為她拿錯了，正想要多問幾句，何況還沒捧場幾件美術用品，江小姐已經又忙到最裡面去了。

老許就帶著朝思暮想的盒子出來了。很輕。根本不像專程來拿的東西，恐怕一陣風吹來就被捲到空中。輕得就像什麼呢，就像什麼鴻毛那樣輕，實在不值得還要大費周章寫這三封信。老許掂在手裡有些失望，這幾天一直想著它，以為它至少應該像石頭那麼重，結果是這樣的不如所想，根本不像信裡那些滿滿的悲傷。

他打開車門，傳到後座，顧先生用兩手包覆著它像在急救一顆心臟，卻又遲遲沒有打開。老許掏鑰匙準備發車，後座的突然要他等一下。

「他們有沒有說什麼？」

「我都沒有囉唆。」

「你再進去問一下，囉唆幾句有什麼關係，看能不能問到什麼？」

「要問哪一種，是要知道她住在哪裡，還是只問電話就好？」

「這次都隨你。」

老許只好再走第二次，這回乾脆指著牆上的第一幅掛畫，不問價錢，直接掏錢，一邊找來了江小姐，問她關於那女人的事。常來嗎？有交代什麼嗎？你們這裡的美術材料很齊全喔。男店員用一個大扁盒把他的掛畫裝好了，他提起來又放下，聽著江小姐搔搔腦袋後的回憶：「沒有說什麼啊，也沒有留下聯絡電話，那天她自己推著點滴架進來的，針管扎在左手，右手上就拿著這個盒子，問我能不能讓她寄放幾天，我當然不忍心拒絕她，就收下來了。外面車子好多，她要走的時候我只好幫她拿點滴架又替她叫車，一直對我說著抱歉謝謝對不起。哎呀，也不知道她是誰，好可憐。」

老許又回到車上，這次不用傳東西到後座，也就暫時沒有轉身回頭。車子開得不太穩，一出樂華街就差點撞上別人的摩托車，煞慢下來才知道顧先生問了什麼正在等回答。他不知道是要回答現在的還是剛才的，直到又聽見那有點顛簸的聲音說：「老許，老實說，你是聽到什麼了？」

老許覺得剛才聽到的是個爛劇情，原本他還期待著圓滿的結局，沒想到都相反了。他有些懊惱，乾脆把車停到路邊，把江小姐說的重說一遍，擔心後座的沒有聽清楚，說完補上一句他自己的聲音：

「她生病了。」

從外面回來後，顧先生一聲不吭爬上樓，開飯時間到了，女傭上樓催請兩次還是不下來。老許有點後悔，剛才的路上說了些內心話，難怪後來的氣氛都僵住了。

他說，出事後那幾天，顧太太規定他每天要寫行程紀錄，只要去過哪裡都要寫，包括路上見了什麼人，參加了什麼的聚會。結果她每次看完就發他脾氣，說他的行程紀錄造假，那兩個人不可能沒有繼續幽會的證據。事實上真的沒有，他一直在背黑鍋，有時那女人明明就在路邊，顧先生偏偏就是視而不見，反而催他趕快加足油門繞道而行。

「那時我一邊開車，一邊發抖。」

「你現在是要跟我說什麼？」

「沒有，都過去了。」

「那就好。」

「但是下個月就是生日，你的六十歲……，」老許不太放心，掠著後視鏡說：「還是不要把那件事放在心上啦，乾脆來辦一場生日宴，別墅這一年來實在有點冷清了，不如熱鬧一點，我甚至可以想辦法把她找來。」

「你說找誰來？」

老許暗哼一聲，不再說話，一路開回來。

大概就是聽到那女的生著病，自己也受到了衝擊。

此刻他一個人嚼著飯，覺得每樣菜都沒味道，扒了幾口突然很想家，想這時候阿秀大概吃了飯正在洗碗，她從來沒有抱怨過什麼，守著他這份死薪水默默撙節每個月的開支，多少年了，一定很孤單吧，連他自己這種粗人都覺得突然孤單起來了。

他把廚房餐廳內外的開關全都巡過後，突然聽見沙奇滾著鈴鐺聲從梯階上跳下來。已過了遛狗時間，何況顧先生一上樓就不再出門，這很不尋常，看那黑腦袋不停地甩晃著，脖子的鈴鐺已經掛上一年多，就算不舒服也不至於忍到現在才開始厭煩。

他推開門讓牠進來客廳，才發現脖子上除了鈴鐺外，突然被綁上了幾圈紅線，仔細一看竟然是個金黃色的平安符，由於甩晃太多次，紅線已經貼進黑毛叢的皮肉裡。

別墅裡從未出現這種吉祥物，顧先生平常也不進廟宇，不可否認就是剛才綁上去的。老許下意識就想到了那盒子。他擺擺手招牠過來，不肯過來，快靠近腳邊又馬上跳走，開始繞著沙發兜圈子，鈴鐺不斷撞擊，愈不耐煩就晃蕩得更大聲，叮叮咚咚咚，咚咚叮咚咚，硬是要他老許幫牠解開平安符，整個客廳一時之間彷彿充滿著煩躁的祝福。

他知道不能自作主張解開它，卻又感到非常懊惱，不明白顧先生到底怎麼想的，好歹是那女人保存多年的心意，竟然被他那麼粗魯地掛在狗身上。不過這樣也好，這表示以前的誓言都是狗屁，根本不用擔心他下個月的生日會結束掉自己的生命。

人世間的情愛實在是他老許參不透的，以前偷來的愛是那麼轟轟烈烈，顧太太走了之後他反而不想要了。

老許揹起回家的袋子，順手把沙奇騙到客廳外，這才聽到樓上的音樂提早開始了。房門雖然緊閉著，每晚散逸出來的聲量都剛剛好，有時連他聽不懂也覺得很陶醉，有時卻又像是顧先生自己在吶喊，但今晚的卻又不太一樣，聽起來好像特別淒涼。

不知為何的此刻，四周吹來了更冷的晚風，老許哆嗦著來到庭院口，關上鐵門，望著樓上那幽暗的房間，突然覺得自己這輩子沒什麼出息也是對的，幾十年來他最崇拜的顧先生也不過就是這樣而已啊，讓他關在一個人的音樂裡安心懺悔吧，反正顧太太也聽不到了。

神來的時候

我最大的不幸就是一直想要成為有用的人。

肅穆的誦祭聲中，祖父的喪禮還在進行，雨棚外的路口卻突然雞飛狗跳，緊接著傳來一聲長長的哀嚎，聽起來像在遠處，肝腸寸斷的聲音卻已響徹雲霄。隔幾秒，第二聲又響起，這時已不那麼遠，卻還是看不到人，彷彿是在警告所有的悲傷都應該停止，等他出現才可以開始。

來人終於現身時，才發現他是跪地爬行，像一團蠕動的黑影。

誦祭暫停，兩側家屬答禮，父親的鞠躬接近零度，只像是微微顫抖。我母親則大概一時腿軟，悄悄捏著我的手指，暗暗說了聲：糟了。

另一側的哥哥也皺起了眉頭，只有我的反應最慢，我等到那團黑影從地上抬起頭睜開了眼睛，才知道真的不妙，竟然就是他。

父親只有這個弟弟，三年前被我祖父趕出家門。

這時他已爬到靈前，仰頭望著遺照，祖父對他笑著，已來不及闔嘴。

雨棚下開始有人竊竊私語，祭文還沒念完，誤了封棺吉時七分鐘。

喪禮後的夜晚，我們家四個人圍坐著一盞小桌燈，臨時召開飯後的家庭會議。我父親特別用了「商量」這個詞，他要大家坐下來商量對策，針對突然回鄉的叔叔將又帶來什麼麻煩，彼此進行防範性的討論。

母親臉上還有悸色，我們讓她先發言。

「一滴眼淚都沒有，根本就不像哭，我認為他是在高興，阿爸走了他就自由了，不是嗎？那種劣根性不可能會改的，我看我們不如搬家。」

她的提議沒有人贊成，畢竟我父親只能在鄉公所上班，而哥哥認為轉學太麻煩，我則表示無所謂，到哪裡上學一樣都會碰到小人。但我還是很同情她的恐懼，那並不是一天兩天而已的遭遇，既然她不願意直說，我也只好藏在心裡。

我記得叔叔被趕出門那天，並沒有馬上離開小鎮，而是一直在街上遊蕩，到了半夜無路可走才來敲門，懇求我父親讓他借住幾天，沒想到我們從此不得安寧，幾天後母親開始噩夢連連。

「嫂子，寂寞要怎麼辦？」

「剝豌豆。」母親推開半簍豌豆，逃出門外。

又有一次。「嫂子，其實我很想死。」

「每個人都會死。」

「但很奇怪，妳知道嗎？我就是特別想死。」

「那就去死。」

母親冷冷回應走開後，他才把注意力凝注到我身上，招著手要我過去，一臉笑嘻嘻說：「小鬼，叔叔要教你怎麼偷聽才不會被發現，為什麼你都不想學，又那麼愛聽。過來嘛，不然我就把你一下子變不見了。」

他身上有酒味，說話含混不清，濛著一對煙燻的眼睛，眼尾總是不停地顫抖，突然睜亮時卻又像是摻了水酒，射出一種醉茫茫的光，然後停駐在我母親臉上，故意任由瞳孔慢慢放大，直到好像瀕臨死亡。

那段日子母親百病叢生，有一次她洗完澡躲在衣櫥後面穿衣服，聽見我放學回來的腳步聲馬上尖叫起來，好好的一個人已經嚇成那樣。後來我只好改變習慣，回到家先在門外大喊一聲回來了，要是沒聽見她的回應，我還真的不敢走進自己的家門。

她提議搬家的意見不被採納，眼裡馬上眨起淚光，開始埋怨自己沒有生個女兒，一家都是沒有同理心的男人，現在又來一個不要臉的，說她不如回娘家看看媽媽，「外婆生病好幾天了你們都不知道嗎？」

我不能分心為她說話，因為我自己也有很多怨言，而且以我當時的年紀還沒學會比較犀利的髒話，如果只隨隨便便說他是個色狼，這會引起大家恐慌，何況我覺得這兩個字用在母親身上不僅是侮辱，對我們一家人來說好像也一起被他侵犯了。

母親發完牢騷後，輪到父親發言，但他說他是主席，應該留到最後才做總結。他要哥哥先說，提醒他多談細節，盡量說一些對策。「你應該知道我們開會的用意吧，發牢騷是沒用的，至少你比弟弟懂事，看有什麼方法能避開那種人。」

哥哥本來就有滿臉青春痘的憤怒，說起話來馬上咬牙切齒。

「我有很多柔道社的朋友，隨便找其中一個就可以殺掉他。」

「神經病，再怎樣他也是你的叔叔。」

「不然我也想過了，弄一個陷阱給他，然後報警把他關起來。」

「難道你只會耍手段，沒有學到比較實用的智慧？」

「爸，你是打算跟他投降嗎？」

「別說氣話，我寧願聽你說說他的罪狀，再想辦法。」

他吐了一口大氣，「不是我無禮，你怎麼會有這種弟弟？他竟然醉醺醺跑到學校跟我借錢，我說沒錢還不死心，要我去跟同學借，說只要借到錢就會教我怎麼成為一個男子漢。」

「你現在說的都是三年前的事，當時為什麼不說？」

「當時他每天住在我們家，我說了你就會把他趕走嗎？錢是幫他借到了，後來還不是用零用錢慢慢替他還。至於做什麼男子漢，說起來我就更看不起他，竟然叫我和他一起站在學校大門口小便，真不是人。」

聽到這裡我才知道自己受騙了，原來叔叔也這樣教他。

「好吧，你到底有什麼建議？」

「反正你都反對，如果他再來，我找一條最凶猛的流浪狗盯住他。」

父親沒有再問，於是就輪到我了。我先從小事說起：「他只要看到我忙著趕作業，就故意坐在旁邊玩撲克牌，然後自言自語，而且自己玩牌竟然也會作弊，每次偷換牌的時候就看我一眼。」

「有沒有大一點的事情要說的？」

「有到學校替我打抱不平。」

我看你被收買了，是不是答應他一起尿尿？哥哥插嘴說。

「有嗎，對著學校門口？」父親接著問。

「他說想要成為一個男子漢，就應該穿著制服小便。」

阿俊就是善良，不忍心拒絕一個壞蛋。母親替我說了。

「剛好在下雨，尿出來的時候是熱的，從褲管流到襪子都有感覺。」

所以你覺得這樣很光榮嗎？插嘴哥又插嘴了。

「在一個壞蛋面前做這種事，我覺得很勇敢。」我說。

他們聽完大喊著天啊、真想不到啊，笑得連桌子都在震動。

我本來還有很多細節要說，被這兩人一笑就忘光了。反正那時我最想做的就是懇求他放過我們，我答應穿著制服尿尿是在討好他，何況那時他笑得非常開心，好像感受到了被認同的溫暖，雖然壞蛋就是壞蛋，但有誰看過一個壞蛋會那麼開心地笑著。

說到一半已滿臉羞紅，母親拍拍我的肩膀，於是我就說我說完了。

主席最後致詞，他把兩隻手放在桌上。

「做出結論之前，你們想到什麼都可以補充。淑琴妳去把門鎖好。這個家還是要撐下去的，我有責任讓你們完全沒有恐懼，萬一他還想要來這裡住，你們應該知道我的決心，一個晚上都不行。」

主席繼續發言，「不過，你們當然也知道我只有這個弟弟，最好還是不要和他正面衝突，遇到他就盡量忍耐，給他臉色看反而會把事情弄糟。尤其慶耀，你講話常常會傷到人，就只有這個叔叔嘛，也只是愛喝愛賭偶爾鬧事而已，何況說不定流浪這幾年已經變好了。」

其實父親和叔叔有點像，眼睛還算好看，而且雙眼皮，但耳朵很小，臉也不是很大，就顯得嘴唇有點單薄。如果不考慮輩份和親屬關係，我們好像正在和一個壞蛋討論事情。啊，這樣說太不敬，應該說，他們兩個兄弟雖然很像，但我父親比較溫和，本來就沒有當壞蛋的本錢，甚至只能扮演倒楣鬼的角色。這是有根據的，叔叔有一次賭博翻桌，被幾個賭徒追殺到馬路上，那天父親正好從鄉公所下班經過，衝到叔叔面前的結果就是腹部挨上一刀，送醫急診縫了十幾針，出院後聽到一聲道歉都沒有，因為闖了禍的叔叔當場就溜掉了，就因為這樣才消失了三年。

「不是我護著他，你們現在看到的並不是真正的叔叔。」

「又來了，壞蛋也有冒牌的。」哥哥說。

母親嘆一口氣，走去檢查門禁又走回來，看來她以前就聽過了。

但我很想聽。叔叔的名字叫英雄，我一直覺得這名字對他太諷刺。

「你們知道阿公以前做什麼嗎？他沒有正式職業，只能說是討生活，每天晚上出門，一路沿著溪水和田邊的圳溝撈捕魚蝦，就靠那些賣錢的小東西把我和叔叔養大。」

「這和他做的壞事又有什麼關係？」

「有一次阿公摔斷腿，那時我在外地求學，只有叔叔能幫忙當助手，高中念到二年級，體力撐不下去只好辦休學。那時他才十七歲，每天晚上揹著很重的電土火，火熄滅了才能停下來，不像你們下課後還能休息十分鐘。換好了電土還要繼續趕路，趁天還沒亮，水裡那些魚蝦特別遲緩，他們就是要趕著把魚簍和麵粉袋裝滿……」

「電土火是什麼？」

「一種碰到水就會發熱發光的碳化鈣啦，農村都用這種電土來催熟香蕉和其他水果，捕魚就用它來代替手電筒，水裡游的一照到強光就靜止不動，自然就乖乖被撈上來。你們有沒有印象，叔叔一咳嗽就咳得快要死掉，就是長期吸入這種化學物傷到肺部造成的結果。就是這樣，每次出發前阿公會先排好不同的路線，天亮後剛好趕上附近鄉鎮的早市，父子兩人就蹲在市場口叫賣，所有的漁獲賣完了才回家。」

聽起來好像很好玩。我們幾乎異口同聲說。

「怎麼好玩？每天從天黑走到天亮，一走五年，他收到入伍通知的時候甚至還想要逃兵，因為不放心阿公的體力。」

父親突然有點感傷，「你們認真聽，要說到重點了。從市場回來後還不能休息，他堅持要做一件事，就是把悄悄留下來的一些魚蝦倒進水盆，洗乾淨後裝進袋子又匆匆出門，專程送到隔壁村一個高中女生家，沒有一天例外，從一台腳踏車騎到後來換了二手摩托車。結果有一天，那個女生家突然不再開門，她的家人站在牆頭內大聲告訴他，以後不要再來了。」

說到這裡，父親眼眶泛紅，但大概想到正在說的是個壞蛋，便又趕緊清醒過來，用軟弱無助的聲音說：「有什麼辦法，從那裡回來後，就慢慢變成你們現在看到的樣子。」

滿臉憂愁的母親雖然不怎麼想聽，還是邊走邊嘆息。

這天晚上，我們的會議還是總結了三個注意事項：

一：路上遇到不要打招呼，躲起來等他走開。

二：有人敲門要注意聽，單獨在家的人不要隨便開門。

三：保護媽媽，必要時握緊拳頭讓他看到。

雖然無異議通過，氣氛卻有點凝重，沒有人敢說危險已經排除掉了。

第二天起床後，父親顯得很沮喪，看來一整晚沒睡好，拎著公事包走到門外又折回來，自言自語著：你們聽完他的故事，不覺得他很可憐嗎？

青春痘的哥哥說：「爸，我看你也很可憐，你自己要堅強。」

母親一句話沒說，她一看到陽光斜照進來已開始惶惶不安，我們出門上班上課只剩下她一個人，難怪搓著圍兜走來走去，時不時瞄著窗外。鄉村地方本來就沒幾家鄰居，路口又是大樹又是草，真的很擔心她要躲到哪裡。

一日緊張，又一日不安，結果我們所防範的竟然都沒有出現。

我父親總算慢慢回復了笑容，晚上心情好的時候就獨自喝兩杯，睡覺前還驕傲地伸伸懶腰說：「真想不到啊，說不定他已經改頭換面了，如果有一天他真的來了，是不是應該對他好一點……。」

不說都沒事，一個多月後，叔叔真的來了。

那是個陰天的下午，放學後我以為又是第一個到家，沒想到還沒開門已先聽見了父親的聲音，他很少提早下班，原來家裡來了客人。

我們住的是一般的透天厝，上樓梯都要先走過客廳，一進客廳自然就會碰到人。家裡很少有客人。這人穿著一件米色夾克，正嘬著嘴品嘗小陶杯裡的老人茶，執壺的父親坐在他旁邊。

而我母親，臉上滿溢著異常的喜悅，一看到我馬上叫著。

「阿俊，你都沒發現嗎？是誰來了，叔叔啦。」

我嚇壞了，仔細看著那張抬起來的臉，真的就是他。

不到兩個月，想像中的那些警戒畫面竟然都不見了。

「喂，小鬼，我剛才還說到你，下次我帶你去看看我的養蜂園。」

黝黑的臉孔，笑著一口白牙，等著我回話時笑容還沒收起來。

我不情願地應了一句什麼，連我自己也聽不見。

「嘿嘿，想不到吧，你叔叔現在已經變成蜜蜂專家了。」

父親說得無比興奮，根本沒時間理我，說完馬上又轉頭對他說：「那你到處搜購那麼多的蜂巢片，一定要跑很多地方，難怪曬得那麼黑。」

「我自己就有一個蜂場，光靠那些農家提供的蜂巢片怎麼能滿足龐大的市場，現在養生觀念愈來愈講究，餵糖的蜂蜜都沒人要了。我那個蜂場比籃球場還大，為了吸引野蜜蜂自動飛進來築巢，買了很多枯樹頭種在那裡讓牠們住，野蜜蜂就喜歡這種沒有其他生物混雜在一起的環境。」

「小叔，養那麼多蜜蜂不會常常被叮嗎？」母親開心地皺眉頭。

「難免會啦，」他本來要撩起袖子展示給大家看，撩起一半又放下，「其實要避免被叮是有訣竅的，那些東西一飛進來的時候，趕快找出其中那隻女王蜂就對了，一個家怎麼可以沒有女主人？我把女王蜂安置在蜂箱裡就是為了塑造安定的力量，再多的蜜蜂飛進來都不會再煩躁不安，當然就不會到處攻擊人。」

茶几上放著一個禮盒，一看就知道是他帶來的。

在我還不清楚是怎麼回事時，幸好熟悉的腳步聲已在門外出現。我像盼到了救兵馬上衝出門，哪還有多餘時間讓他蹲下來慢慢脫鞋，趕快俯身在他耳邊告訴他，叔叔來了。

「幹。」他匆匆忙忙把鞋帶扯掉，雄糾糾地站起來。

「哥，小聲一點啦，他已經不一樣了。」

什麼一樣不一樣。他氣憤地咕噥著，直接把我推開，側身貼在紗門上往內瞧，本來只豎起耳朵，聽了半晌後突然滾一聲吞下大量口水，轉身調好背上的書包，看起來已不那麼生氣，而是放低了聲音對我說：「我們還是要鎮定一點，千萬不要被他騙了。」

短短幾天，哥哥已做足了功課。他本來就對農產市場有興趣，一聽到只是養養蜜蜂就能讓一個壞蛋翻身，這還得了，連續幾天內問了學校很多人，關於蜂蜜的採收以及市場需求等等，所得到的訊息使他對叔叔的新事業刮目相看。

「他說的那些都符合專家的看法，野蜂蜜真的是正在風行的養生食品，聽說一瓶摻糖的普通蜂蜜就要賣五、六百元，野生蜂蜜賣到一千多塊還供不應求，主要是鄉村都市化，造成可供採蜜的野生花卉已逐年減少，產量自然就供不應求了。」

他專注地解析給大家聽，滿臉痘子激動得像紅色的繁星。

平常我們家只聞得到懶洋洋的氣息，有什麼話題大都是從學校或鄉公所帶回來的雞毛蒜皮，不太需要坐下來認真說和聽，有時邊洗碗或邊上廁所都可同時進行。沒想到叔叔突然帶來了新氣象，有關他的事大家特別想聽，浪子回頭的結局真是太戲劇化了，何況哥哥本來還想要殺掉他，由他親自發表專業看法最有公信力，每個人聽著聽著不自禁地陶醉起來。

我們喝著冰鎮後的蜂蜜茶，心裡湧起滿滿的歉意，多麼令人感到欣慰又慚愧，難怪父親自告奮勇先認錯，他聽完大家的心聲後下了一個新結論說：「所以說嘛，那天晚上我們的決定是太衝動了。」

母親也終於寬心了，「他願意做正經事，我們當然沒理由排斥他。」

「淑琴，妳想他會不會說要來我們這裡住幾天？」

「我怎麼好意思問，他現在想住哪裡應該都很受歡迎了。」

「以前罵他的那些，真希望他都忘了。」

父親和他是手足親情，說些一面倒的噁心話算是情有可原，哥哥未免就太狗腿了，竟然莫名其妙地開始掏心肝，「其實我有空也可以去他的園子裡幫忙，採蜜這方面的技術學校都有教，說不定我做起來比他更上手。」

母親又高興又想阻止，「不行啦，萬一碰到蜜蜂圍攻怎麼辦？」

「媽，這妳就不懂了，採蜜的前置作業就是先要準備幾個煙筒，蜜蜂最怕煙燻，聞到煙味馬上就會撤退，不然養蜂人早就一個個死翹翹了。」

「說得也對，慶耀，叔叔還說野蜂蜜對消炎退火有療效，除了泡茶喝，說不定你直接把它抹在臉上，青春痘好得更快。」

「爸，你在說什麼，這樣不是黏得更緊嗎？」

桌上四個杯子東倒西歪，大家笑得樂壞了。

一群蜜蜂，一口蜂蜜茶，多令人開心的夜晚，整晚一直嗡嗡嗡嗡。

叔叔回去後，沒多久又寄來一個包裹，兩瓶蜂蜜和一盒西螺當地的傳統大餅，還附上一封信。寫了什麼呢？每個人急著想知道，哥哥一直霸在手上，我湊近搶看一眼，那些字一個個像青蛙蹦蹦跳著，忽大忽小卻又十分堅定地跳在格線上。信看到一半，母親拿走了，為了公平起見，她直接替大家唸出來：

謝謝你們不嫌棄，此次受到款待真感心，回想過去實在沒有臉見人。阿爸死後更感覺對伊慚愧，心內真是非常不安啊，回鄉都是看別人厭煩的臉色，就像蟑螂一樣的待遇，感恩還有你們的關懷，真希望不再讓你們失望了，請原諒吧，再說一聲失禮了。祝你們幸福美滿。

英雄敬上

母親唸完後讚賞不已。她說叔叔那天一定還有很多內心話，才又補寫了這封信，你們這些大的小的知不知道啊，他連高中都沒畢業，短短幾個字就寫得那麼感人，可見一個人有心改過是最重要的，這樣不是讓大家都覺得很溫暖嗎？

「他的感觸當然多，除了殺人放火，什麼壞事沒做過？說實在我們也有功勞，讓他心存感恩也算是一種鼓舞向上的力量。我看他是在和我們交心，說不定很想回來自己的家鄉定居，淑琴妳多留意看看有哪裡的房子要賣，他如果搬回來又能找個對象結婚就更圓滿了。」

輪到我最後一個拿到信，不知道為什麼，再看一遍還是有點半信半疑，雖然他已不再讓我們感到恐懼或厭惡，我卻不敢相信眼前的事實，一個壞蛋出門後突然變成一個好人回來，又不是在演電影，中間空白的一大段好像連結不起來。蝌蚪變成青蛙也需要一段過程，至少先看到後腳長出來，再來才是前腳，等到尾巴消失後才會長成真正的青蛙。

叔叔以前那麼難看的尾巴，為什麼能夠一下子變不見了？

哥哥似乎也有同感，他的敵意雖已轉為敬意，卻覺得意猶未盡，「他只寫這樣短短幾句，實在不了解他這三年是怎麼奮鬥成功的？」

父親滿臉欣慰說：「還用問，不就是忙著他的蜂蜜事業嗎？」

奇怪的是，我們收到包裹沒多久，叔叔竟然又來了，這回不像上次先到鄉公所等我父親下班，而是直接來家裡，而且一樣沒空手。母親雖然一直說不好啦、不要再破費啦，心裡卻是很踏實的，以前一看到他的背影就開始慌張，現在不僅陪他聊天還親自泡了茶。

他也不像過去那樣死盯著她看了，臉上甚至堆滿著歉意，雖然說著話，卻不敢直視，只看著地板，就像成語說的顧左右而言他，可見以前的事他還記得，那時他的眼神就像要把她剝了皮那樣貪心，還好都在我的監看下才沒有讓他得逞。

那麼這次是為了什麼而來呢？我正疑惑著，沒想到他竟然起身說：「阿嫂，我帶阿俊出去走走，很久沒有在自己的家鄉逛逛了，最近秋高氣爽，剛好又是最忙的蜂蜜採收期，我去繞一繞就要直接趕回去。」

母親留他吃飯，但我已拉住他往外走，還找來他的鞋子放在腳前。時間是不能浪費的，再慢的話哥哥就回來了。我相信他本來就打算和我獨處，這是因為我們一起做過男子漢的事，自從那次勇敢地尿在褲子裡，我覺得我們的距離早已拉近，如果沒什麼交情會想要單獨帶我出門嗎？

一路上卻都是我在說話，我告訴他學校最近發生的事，本來還想讓他知道有個女生轉學過來的事，但又覺得這太大驚小怪，只好接著吹噓一些從哥哥那裡聽來的有關蜂蜜的見解。他卻不太專心，低著頭不想看到路上的人，兩手一直插在口袋裡。

「阿俊，你說實話，我很想知道你們有沒有談到我。」

「你放心，我聽到的都是讚美。」

真的嗎，真的嗎？鬆了一口氣的表情。

我們來到市場口，點心攤子已經擺上街了，一陣陣香氣撲鼻而來。

這時他突然說：「你身上有沒有帶錢？」

我不懂他的意思，只好搖著頭，一方面也表示我不需要他的錢。

「匆匆忙忙忘了帶皮夾出來，本來打算好好請你吃一頓的，我看就簡單吃一碗麵好了。」他挑了一個攤子坐下來，叫了兩碗麵，沒有點滷菜。等麵的時間轉頭看看我。

「阿俊最近明顯長高了，雞雞長毛了沒有？」

「沒有……。」

「拉下來我看看。」我夾緊了褲襠，他笑著說：「哈，那就是有。」

一陣推拉笑鬧後，麵也吃完了，原本輕鬆的表情卻突然垮下來。

「阿俊，這碗麵吃完，以後我不會再來了。」

「哪有這樣的，為什麼？我爸還說要幫你找房子。」

「我沒有臉，根本不想再來你們家，每次都覺得很慚愧。你知道為什麼我最近來了兩次嗎？其實我是專程到隔壁村，順便過來的，一個女生住在那裡。她嫁出去好幾年，現在突然帶著一個小孩回娘家了，所以我聽到消息馬上偷偷跑來看，但每次只能躲在房子外面看啦，就算旁邊沒有人，我也不敢叫她，因為我還不能確定她是不是真的離婚了。」

「你是要我去幫你打聽看看？」

「不用，我就是不想讓人知道才會自己來。你相信嗎？其實我來過十幾次了，每次都要等很久才剛好看到她從裡面走出來。阿俊，你想想看，一個結了婚的女人不會天天住在娘家吧，真希望她已經離婚了，可是又不知道要怎麼證實她已離婚……。」

「我看還是去幫你打聽好了。」

「你只是個小鬼，我實在不放心。」

我急得想哭，不然要怎麼幫他呢？

「算了，其實我在等一個比較正確的時間，譬如說我快要死掉了，或是突然寂寞得受不了，這時才會考慮是不是應該跟她見面。不過我現在還沒有資格說寂寞啦，說來說去我是在等我自己。你知道我的意思嗎？反正這種事不能急，我們只要真心愛一個人，就永遠不會失去她。她跑不掉的，就算沒有離婚，我也會等她老，等到變成歐巴桑都沒關係。你可能不知道我為什麼願意那麼笨，阿俊，這就是愛情，你只要知道自己所愛的人還在這個世界上就夠了。」

「她家很沒意思，以前你每天那麼辛苦帶去那些……。」

「哈，原來你們都在背後說到我。但是後來我才知道，原來愛情不能只靠那幾條魚，何況我連一條魚也不如，這怎麼行，男子漢還是應該要有錢，我就是在等有錢這一天。」

「我爸說你採收野蜂蜜，賺了不少錢。」

「哦，只能說你爸爸太天真，以後你千萬別像他那樣。你自己不會想想，蜜蜂能幫你賺多少錢，被牠們叮死了都還看不到錢在哪裡。等我有一天真的賺到大錢，別說回來買房子，我自己就蓋一棟，把你們都找來住在一起，那才是真正揚眉吐氣的時候。不過阿俊，雖然我是你的叔叔，但其實我真希望你是別人，這樣我才能說說內心話，不用擔心你回家後就出賣我。」

「我都不會說。」

「那最好，你知道我為什麼要告訴你這些嗎？」

「不知道。」

「因為我沒有朋友。」

從此叔叔真的沒有再來了。

秋天過去了。冬至的這天早晨，一家人圍著小桌吃湯圓，哥哥突然又提起他，說的卻是什麼蜂巢片，不知道又是從哪裡聽來的。他說每個蜂巢片外面都包覆著一層白蠟，採蜜時要先刮掉白蠟，蜂蜜才會順暢地流出來，否則就會堵塞在裡面。

「慶耀，你可以直接打電話告訴他。」

母親哎呀一聲說：「不對啊，我們沒有他的電話。」

「真的咧，竟然都忘了，名片也沒有給我們。那就等他下次來吧，慶耀你是學農的，應該有很多話想跟他聊，他一說到蜂蜜就那麼有精神，可見這種養生產品真的讓他賺到了，乾脆你畢業後就跟著他做，不然以後只種米種菜能種出什麼？」

叔叔的事就是我的事，若是平常，我當然就會參一腳，但自從他說了那些話，我已被他的祕密綁住了。我能體會他帶著魚蝦被人拒在門外的滋味，平常我們有時也會因為什麼而被人拒絕，但誰受得了那種突然被排除在外的滋味。我真不敢想像他在那種絕望中騎著摩托車回來的模樣，一般人會摔到山溝裡吧，我想我會直接騎到河裡，我相信如果有平交道一定也有人乾脆騎上鐵軌。那種滋味一定很痛，何況一夜都沒睡，天又剛亮，沒有人陪他走在那條被拒絕的路上。

我默默吃著湯圓，提醒自己不能吭聲，心裡很篤定不會出賣他。但想到以後實在沒把握，忍著不說雖然是一種美德，但忍著別人的痛苦不說還算是美德嗎？

母親嘆了一口氣，接著是這麼說的：

「過完冬至就要過年了，不知道他一個人要怎麼圍爐，就算已經找到人生的方向還是一樣沒有家，不如這樣吧，這次過年我們乾脆去看看他，想起來一定很孤單，身邊就只有那些蜜蜂。」

父親的個性從來不是很爽快，沒想到馬上應聲說好。

他的這聲好，嚇得我剛入口的湯圓很快滾到肚子裡。

我趕緊提出反對，不應該去打擾人家，他很忙……

父親說，吃完湯圓你就幾歲了，還那麼不懂人情世故。

出門拜訪親戚，父母親通常都有很多叮嚀，有些道理當然要聽。但如果那些叮嚀含有太多想像，變成脫離現實的期望，那就當作參考就好，聽過就應該趕快忘掉。

譬如說：阿俊，看到叔叔不要裝得太有個性喔，記得你只有十四歲，叫叔叔的時候要親一點，就像住在一起的家人。又譬如說：慶耀，等一下注意看看喜不喜歡那裡的環境，有多少房間，我們當然不好意思直接問，以後能供吃供住就太好了，說不定我們來看你還能順便住一晚。

這些叮嚀不要太當真，不然以後回想起來都會成為傷痕。

父親開的是別人的休旅車，他擔心老車又拋錨，臨時向公所同事借來的。

我第一次站上天窗瞭望著移動的風景，母親一直喊危險，風真的很大，一路颯颯響，冷死了都還看不到西螺大橋。我只從圖片裡看過它，紅色的，除此之外我就不知道叔叔為什麼住到這種地方，路上所見和我們鄉下一樣荒涼。

地址是從包裹的紙箱抄下來的，旁邊寫著華麗商行。

華麗商行。過了大橋後哥哥特別喃喃唸了一遍。

除了尋找陌生的地址，一路上我們緊盯著每家商店的招牌。

然而後來我們找到的招牌卻是傾塌在地上的，幾叢牽牛花竄過招牌爬到屋頂瓦片上，眼前是一間老房子，窗玻璃已破掉好幾個洞，每個洞口看進去都是蜘蛛網，門上雖然還有一把鎖，卻早就生鏽了。

「根本找錯地方了。」母親不敢相信，好像生著自己的氣。

她很不甘心又看一眼，地上的招牌確實寫著華麗商行。

就在這時，我們認出了他那件米色夾克，依然是新的，幾個月前他就是穿著這件夾克到我們家，眼前卻吊在油漆剝落的外牆上。除了夾克，牆下拼著幾塊選舉看板當作頂蓋，底下鋪著草蓆，旁邊只有個鄉下常見的紅土甕，甕口蓋著濕毛巾，一把開叉的牙刷橫在上面。

我們沒有多作停留，也不敢出聲說話，只點頭贊成父親用最快的車速從巷子裡離開。休旅車開到較熱鬧的街口時，父親總算緩下來，然後慢慢倒車停在一家水果店門口，進去對著店裡的人比手畫腳，一邊指著外面。

噗噗噗的引擎聲中我聽見了自己的心跳，卻又不像心跳，原來是在顫抖，我冷得一直發抖，像冰塊被大槌打碎了，發出了快速解凍的聲音。

父親問完後回到車上發呆，久久忘了把車開走。等他清醒過來，一邊開車一邊說，房子是一個老太太的，幾年前丈夫死後她就到國外依親，一直沒有回來，鄰居常常舉報流浪漢在空屋裡逗留，警察來盤查過好幾次，沒有發現什麼犯罪跡象就結案了。

「另外，水果店的客人說，他認得其中一個流浪漢，偶爾會去打零工，有了錢就到橋下和一堆人喝酒，沒錢才回來睡一整天，別人給他錢或食物都不要，不得已的時候就跑到一家私人教會，那裡每個禮拜供應一次團膳，每次大吃一頓差不多就是別人兩餐的飯量。」

父親說完後沒有人答腔，車子便開始更快地飛馳在路上。車窗緊閉著卻還是很冷，大家瑟縮在剛才的那個畫面裡，好像一直有很多蒼蠅嗚嗚嗚飛過來，就是沒看到一隻蜜蜂。

聽說滿臉青春痘的人感情比較豐富，好像是真的。

離開西螺回到家時，爸媽又要大家坐下來商量，哥哥不願參加，也沒有交代什麼理由。我奉命上樓去叫他，開門後才發現他剛剛擦過的一雙淚眼，原來他躲起來哭了。在車上都好好的，沒想到還可以忍住，真夠冷靜，關起門來是要哭給誰聽？

曾經提議要把叔叔殺掉，沒想到先殺掉自己。

我很少爬上屋頂這斜斜的閣樓房間，主要是很不喜歡這房間裡的味道，常有一股吹不散的草腥味，很像驚蟄的春天各種生物蠢蠢欲動的氣息。不過這次傳話後我沒有馬上走開，我覺得他這種愛面子的哭法最需要人安慰，雖然我不認為哭能解決事情。像我對哭這種情緒反應就比較冷靜，我會讓自己盡量保持在想哭的狀態就好，也就是人家說的感傷，這樣的感傷比較能夠持久，不會一哭就忘了是為什麼而哭，也不會把男子漢的氣概一下子用完。

不然誰不難過呢？白吃人家幾瓶蜂蜜，幫不上忙反而落荒而逃。

他的床上擱著一把吉他，我謹慎地坐在吉他的床緣，很希望自己有點能力安慰他。可惜他不太領情，一直坐在書桌那裡背對著我，從那堅硬的肩膀看得出來他正在等我離開。但實在很湊巧，我不是故意的，這時突然瞄到他的床頭貼著一張女生的照片，看起來是特別放大的，穿著彰化女中的制服，笑容有點朦朧，牙齒還是很白，眼睛就算沒有放大應該也很好看。我只瞥了一眼就趕快閃開了，畢竟這是人家的隱私，當然一定也是他的單相思，因為平常我們沒有看過她，也沒有聽他說過她。

這個發現讓我有點傻眼，也許我搞錯了，他是在為這女生掉眼淚。

為了不讓他認為我有什麼冒犯，我趕緊站起來離開床，再次表明我是奉命來叫他，「爸媽說今天發現的事情太意外了，等你下去一起開會。」

他用他的背影說，阿俊，難道你不了解自己的父母嗎？開會還不是又要聽他們發那些牢騷：真沒想到啊，原來還是一樣啊，為什麼一直到現在還要騙我們……

「阿俊，和他們一樣唉聲嘆氣是沒用的，對他失望那就表示不願意幫忙，不就是這樣的嗎？」

「你又能怎樣？」

背影轉回來了，他看著我說：「我就是在想這件事，這可能就是我們拿出行動來幫助他的時候了。你有沒有注意到他睡覺的草蓆旁邊有一大塊帆布遮起來，帆布後面就是一塊空地，上面長滿了雜草。」

「我討厭看到那件夾克，所以沒有心情走到後面。」

「好嘛，就當作現在你已經看到了。我需要你協助，趁還有幾天才開學，我們去整理那塊空地，替他種一些菜，這個季節很適合種胡瓜、絲瓜和豆子之類的，我們幫他弄好，就像人家說的，給他魚不如教他捕魚。」

「他自己從小就會捕魚。」

「對啦，我說的是有一塊地空在那裡，這表示他一直都在自暴自棄，對自己怎麼過日子都不用心。我們示範給他看，總有一天菜苗會長大，他每天早上醒過來一轉頭就能看到希望，對他來說不是很好嗎？」

「為什麼要這麼做，太懶惰的話他也不會摘來吃。」

「你不要也沒關係，我們農校很多同學都很樂意幫忙做這種事，他們經常利用假日去孤兒院種一些花草樹苗，就是想要帶給那些小孩溫暖和希望，何況是叫他們來幫我自己的叔叔。」

「那要不要讓爸媽知道？」

「那就看你，要是我自己一個人去做，連蜜蜂也別想知道。我教你，碰到這種疑問的時候，你要會思考，敲鑼打鼓的是做好事，沒有任何人知道的才是做善事，就看你想要哪一種。當然你也可以什麼都不做，眼前發生的這些事都和你無關，以後都不要管他生死。」

「你以前也沒有對他這麼好。」

「我本來以為他真的很壞。」

「現在就不是嗎？」

「阿俊，一個男人會被女人打倒，可見不會是什麼壞蛋。」

「好吧。」我說。

他說的道理雖然很有道理，但我這麼快就答應，大概是照片裡的這個女生影響到我了。她應該很重要才會被他貼在床頭，長得很像我們班上剛轉學來的那個女生，看過就不太會忘掉的那種，缺點是她有點驕傲。我願意幫忙種菜當然和她們無關，但如果有一天終於被她或這個彰女的知道了，那也不壞，有時候做點善事還是讓人知道比較好，被讚美的時候我們自己裝沒事不就好了。

於是下樓後，我隨便找個理由，說哥哥很累，已經睡著了。

他們同一個鼻孔出氣，哼了一聲：還不是看了失望就不想再說了。

我們帶了兩把小鏟子，兩雙棉手套卻忘在家裡。

還好只是小面積的荒地，哥哥用他專業的眼光丈量後決定鏟出兩壟，他分配給自己一壟半，剩下的半壟歸我，但我要負責隨時跑到大門外替他把風，發現奇怪的人影就喊暗號，空地旁有個破掉的鐵絲網可以讓我們溜走。

「阿俊，雖然我們沒戴手套，但你有沒有覺得好像沒差？」

「不會很累。」

「累什麼，我問的不是這個，你不覺得今天這些土很鬆軟嗎？這是因為前幾天都在下雨，我決定要來的時候就已經把下雨的因素考慮進去，做任何事情就是要有計畫，農夫靠天吃飯就是這個道理。」

「有人騎摩托車過來了。」

「快去看看，躲起來。」

我跳上傾斜的招牌，摩托車又騎走了。「郵差啦，他也在找地址。」

於是他繼續講道理。「知道我為什麼不撒種籽，直接買菜苗嗎？」

他喜歡自問自答，更喜歡我問他為什麼，問的時候如果臉上又能露出一種很誠懇的天真，他就會說得更多，熱心到聲音都啞掉。

「對啊，為什麼？菜苗那麼貴，我還出了一半零用錢。」

「有什麼辦法，種籽容易被螞蟻吃掉，而我們又不能天天來……」

「要不要先休息一下？」

「上車後再休息，差不多快好了啦。」

兩壟菜總算種好了，還沒澆水，我們去把裝水的紅土甕抬過來。

這時他突然跟我商量，需要灑點肥料，就直接尿進甕裡，各尿一半。

「我沒有尿，用你自己的就好。」

「阿俊，這是歷史性的一刻，你要是放棄就太可惜了。」

他從拉鍊裡面直接掏出來。真愛炫。我說我出去看看有沒有人，他說你真的不要參加嗎？說完馬上發出咚咚咚咚的水甕聲，簡直像瀑布，可能已憋了一整天。我查看了狀況又回來時，他還在對著甕口滴滴答答，不忘又回頭來說兩句，「沒有交代你要忍尿，果然就提早撤掉了，都不用腦袋思考。」

真想問他為什麼尿尿也要思考。

「雖然種好了，叔叔如果不澆水怎麼辦？」我說。

「當然不能寄望他，難道你看過勤快的浪子？我想還是期待天空下雨比較實在，你有沒有發現山上那些野花野草或野柚子，有誰去澆水了，結果死了嗎？」

「為什麼沒有死？」

「阿俊，自然界是有靈性的，你只要把生命種下去，它們就會直接跟陽光空氣水三方面打交道，不然為什麼只是一根雜草也能從貧瘠的旱地冒出頭。人也是一樣，你可能以為叔叔就這樣無路可走了？錯。他從一隻蜜蜂就能想像牠們滿天飛舞的樣子，以後還會想像其他更大的，不信你等著看，反正他要生存嘛，總有活下去的辦法。」

後來哥哥一上車就睡著了。難怪他會累，他做的比我多，說的也比我多，而且尿得更多，何況我們一大早就出門，要不是他堅持，專程跑這一趟也許很愚蠢吧。他最近就是有點怪，以前並沒有這樣的軟心腸，難道那彰女的是怎樣了？不然為什麼突然對叔叔的遭遇那麼同情……

起泡的手指雖然癒合了，太過用力的手掌結了繭。

一直沒有聽到叔叔的任何消息。

我們雖然有時會提起他，卻沒引起多少共鳴，聽的人不作聲，說的人也就煞住話題。而且好像已形成一種禁忌，很怕一不小心談到他，真的就從外面進來了，到時會是多尷尬，畢竟那不堪的畫面隨時還在腦海，比他以前的胡作非為更要麻煩多了，既不能戳破，也不知道怎麼面對他。

幸好我沒有這方面的煩惱，反正早就知道他不會再來了。我只是遺憾那天下午他所說的等待，要等那女人老，等她變成歐巴桑，他這種無藥可救的浪漫不知道有沒有家族遺傳，父母身上是沒有，慶耀的話我就不知道了。

我只能期待著下雨，真希望每天都下雨，那個菜圃已成為我們和叔叔之間唯一的連結，慶耀博士還是對的，幸好他堅持，就算叔叔失去音訊，我們好像還寄託著一個希望在那陌生小鎮裡。

五月有一天，哥哥趁家裡沒人時悄悄告訴我：「不知道他有沒有摘豌豆，時間差不多了，趁新鮮不摘的話豆莢就會變黃爆開。絲瓜最近也正在開花結果，現在最要緊的就是套袋，被果蠅或蜜蜂叮上一口就壞掉了。唉，說來容易，還是要他自己願意動手才行。」

「不然我們去看看，比較放心。」

「我當然很想知道，但就是不敢去看。」

「為什麼？」

「如果一個女生不愛你，她就會故意讓你看到她不愛你的樣子。」

「這和叔叔有什麼關係？」

「你別小看那塊菜圃，對他來說就像一隻大猛獸，如果他不相信有人會幫他，說不定就認為種那些菜是在侮辱他，所以乾脆讓它們枯到死。」

「他應該會猜到我們……。」

「別作白日夢，其實平常我們並沒有給他什麼溫暖。」

「有啦，種菜就是給他溫暖，其實你做對了。」

「真的嗎？阿俊，你有沒有想過一個畫面，下雨的時候，他沒地方去，只好坐在那裡聽著雨聲打在那些菜葉上，這時候說不定他就會開始思考，想到了自己的這一生，然後眼淚就掉下來。這很重要，就像一個轉捩點，一個人的成長要是沒有掌握到轉捩點就會成為浪子。你知道嗎？人在最脆弱的時候為什麼會哭，其實那是老天爺安排的，祂聽到哭聲才知道要來幫忙。」

「要怎麼知道老天爺有沒有聽到哭聲？」

「有時候不是突然下雨了嗎，那就表示祂聽到了嘛。」

「哥哥，你說的這些，自己聽得懂嗎？」

「嗯，聽懂一半……。」

「那為什麼說得好像很懂？」

「阿俊，我們只要善良，所說的、所做的應該都是對的。」

慶耀博士後來下結論說，依他所見，叔叔再壞也只是這樣了。

夏天過後，父親升了職。哥哥從農校畢業找到了工作。我們家換了新車，沒方向感的母親也拿到了駕照。對了，拿到駕照第一天她就急著上路，堅持載我去拜土地公，拜完離開時要我幫她指揮倒車，沒幾下就把廟口一盤老人棋撞翻了。

其他的，沒有了。沒有更無聊的事情發生。

沒有人再提起叔叔的事，我甚至想到他也許死掉了。

他可能死在春天來時那最後一波寒流，半夜冷得發抖，爬起來穿上那件夾克又縮回到被子裡，但已來不及，那是最後一口氣，清晨他就沒有再醒來。或者他也有可能喝酒到深夜，口渴想要喝水，卻埋頭栽進那個水甕裡，像老鼠偷吃米啪一聲掉進了陷阱。

沒有訊息，原來是在醞釀新的訊息。這一年的聖誕節，母親突然一早接到電話，對方自稱是一所私人教會，邀請我們參加晚上的禮拜，說有一位很特別的弟兄將要發表見證，和大家分享上帝的恩典。

「我們沒有信基督教耶。」

對方說：啊沒關係，是英雄弟兄邀請的，他很期待你們來。

我們正在吃早餐。吃了一半的早餐，嘴裡的饅頭差點卡住了。

母親講完電話還沒重述一遍，在旁的我們已聽得一清二楚。訊息雖然很突兀，卻也沒有人歡呼，活著大概就是這樣不值得大驚小怪吧。她把抄下來的地址看了又看，嘴裡念念有詞，信教了啊，怎麼會這樣……

「連教會他也騙。」父親冷冷一句，推開饅頭不吃了。

「再跑一趟而已，怕什麼。」哥哥說。

「當然怕，我怕丟臉。」

母親不願再表示意見，上次就是她提議去看他，看來這次已不想再冒險。但我發現父親已開始打電話借車子了，與其說他不死心，應該說親兄弟本來就是這樣割捨不掉的感情吧。

他大叔叔九歲，而慶耀也大我五歲，算起來叔叔和我都屬於人家的幼輩，難怪他的內心祕密會想要讓我知道。但我也做到了，我一直守著他的祕密，已經很久快樂不起來。我相信只要說出來就不再是我的事，但一想到他所期待我的勇敢竟然是用來背叛他，每次話到嘴邊還是趕緊懸崖勒馬。

最後我們還是開著新車跨過西螺大橋了。黃昏小鎮路不熟，加上那次敗興而歸還有餘悸，這回大家在車子裡都不怎麼說話，一路找著路，很久後哥哥才突然哼一聲說：「你們都沒發現，剛才經過那裡了。」

啊，哪裡？你說哪裡？父親嘴裡咕噥著，卻又不忘催速，車子更快地刷過路口揚長而去。大家都聽得懂「那裡」的意思。那裡好像就是我們的傷痕。

我記得最清楚的還是掛在牆上的那件夾克，叔叔就穿過那一次，回來後就一直把它吊在「那裡」。

雖然即將見到叔叔，但我其實很不想來教會，說不定他連一首聖歌都沒聽過，再怎樣也不該把歪腦筋動到這種地方來，到時我們不是又跟著他一起丟臉嗎？我們家從來不信什麼教，也許只有我長得很像基督徒吧，不然那轉學來的女生怎麼說我看起來很虔誠，一心一意就是要教我唱，連歌詞也親自抄寫下來偷偷塞給我——生命的活水，從我湧出來，湧出活水從我靈深處，湧出活水使我得痊癒……

那個菜圃最需要的是下雨，不知道雨水是不是就是活水。

車子開過頭了，繞回來又穿過一條幽暗的街道，前方終於出現亮著十字架的一面白牆。所謂私人教會原來有個大大的前院，兩旁樹籬跳躍著藍白相間的小星燈，房子就像一棟別墅人家，入口處還有個避雨的小門廊。這麼乾淨又安靜的氛圍實在令人害怕，我一看到就想要趕快回家。

教會裡正在唱歌，有我聽過的聖樂飄出來。我們班上的小圈圈就有幾個基督徒，他們在音樂課裡就是選唱這種歌，唱完了照樣欺負人。

走在前面的父親低頭不語，母親也像犯了錯那樣沉默著，我對這種一來就要認罪的宗教向來非常討厭，好像一家人就是專程來懺悔。

登上階梯時聽得更清楚，聖歌已唱完，開始有人領頭禱告，母親拉住父親的袖子，提醒他不能進去干擾，於是我們停在門口觀望。禱告結束後，麥克風說現在開始讀經，約翰福音，耶穌對他說，復活在我，生命也在我。信我的人，雖然死了，也必復活。凡活著信我的人，必永遠不死……

兩扇門開著，哥哥上前溜了幾眼，回頭比手勢讓我們知道他沒看到叔叔。換我上前去求證，嗯，看來都坐滿了，我也準備打手勢時，他們已在門廊的長椅上坐了下來。

一家人坐在長椅上很像在等醫生，上次祖父住院，我們就是這樣等著開刀房開門。當然這次不一樣，門早就開著，但我們有點怯場，一旦走進去就是眾目睽睽，很多人會一起轉過頭來，也許還會竊竊私語，甚至認為叔叔就是被我們拋棄的，所以今晚來這裡贖罪。

幾段程序後，母親突然噓著聲音說：「注意聽，牧師在介紹了。」我們噤聲聽，冷風中豎起衣領，麥克風傳來一種感性的顫音。

……這位弟兄無私的奉獻，有誰知道幾個月前他還在街頭流浪……，啊，神愛世人，神沒有遺棄祂的子民，還把榮耀降臨在他身上，感謝主，我們內心充滿歡喜，為他慶生、祝福、感謝他來和我們一起做上帝的工，今晚他以麵包師傅的身分來和我們分享上帝的恩慈，我們歡迎……

母親雖然要我們仔細聽，她自己卻噗哧一聲把話打斷了。哥哥也跟著一起笑，笑得有些難為情，好像自己說謊被抓到。當然我也想笑，怎麼會被說成麵包師傅呢？只有父親專心聽著，他真的太老實了吧，簡直就是豎起耳朵在聽，貼在門框上的嘴角斜吊了起來。

在牧師的引領下，叔叔上台了。原來剛才他坐在第一排，穿著白襯衫搭配一條灰色背心，他把頭上的毛帽脫下來放在講桌上，突然仰起臉，對著我們的大門口說：「外面很冷，大哥你們趕快進來吧。」

這樣還能閃躲嗎？

台上的叔叔已開始介紹我們：走在前面這位是我大哥，接下來是我嫂子，後面兩個是我的姪兒，慶耀和阿俊，你們直接坐到前面來啊。慶耀一直想要做個成功的有機農，老二阿俊最喜歡對我問東問西，我都叫他小鬼，他們是我唯一的親人。

他還說了什麼我已不記得，有誰還能在羞愧中聽得見每一句話，左右兩邊坐滿了信眾，中間是長長的走道，我們一個緊挨著一個，像罪犯又像名人。

神愛世人，我們拋棄親人。

一位教友把我們領到最前面，原來位子早就空在那裡等著我們。這時並沒有聽到歡迎的掌聲，也許每個溫暖的表情就代表掌聲，但我還是寧願他們隨便拍幾下，太安靜了，總得來點聲音替我們沖淡不知如何是好的心情。

叔叔的下巴留著短鬚，說話時微微顫動。流浪漢的鬍子一般都是又長又亂的邋遢樣，他的卻經過了修飾，有一股威風的正直，不太像他的往日，只能說他裝得很像，於是看起來就好像更假。

然而他接下來說的我就不懂了，他不僅把牧師說過的那些罪狀重說一遍，還補充得更詳細，甚至舉出幾個例子，簡直就是在羞辱自己，有必要冒這麼大的風險嗎？

這時他卻突然停下來，停在剛才說到的某一天：元宵節。

哥哥的肩頭輕輕撞我一下，我才恍然想起來，那是種菜的日子。

「賺來的錢又輸掉了，我和平常一樣從橋下爬到路口，翻遍口袋連買一瓶水都找不到零錢。路上本來還有過年的氣氛，到了黃昏馬上冷冷清清，很多商店都關門了，想到新的一年剛開始就無路可走，我騎著摩托車回到橋頭，顧不了河岸邊那些打牌喝酒的還沒散，決定就從橋上直接跳下去。」

啊，慈愛的天父……。一旁的牧師低聲念著。

「我趴在欄杆上點了最後一根煙，風很大，身上愈來愈冷，不禁讓我想起了一條圍巾，那是三年前最潦倒的時候大哥送我的，他對我失望到連一條圍巾也不願意拿給我，還要透過我嫂子才來到我手上。我沒有戴過那條圍巾，突然很想戴上它，感受一下他所給我的溫暖。所以我又發動了摩托車……」

感謝主……。此起彼落的讚嘆聲。

「今晚我要見證的，就是這條圍巾所帶來的奇蹟。我回到每天睡覺的那個雨棚下，探頭一看，空地上那些雜草突然都不見了，竟然變成一片綠油油的菜圃，就像作夢一樣，不，就算作夢也夢不到那麼真實的奇蹟。我跑到巷口外又跑回來，很希望看到有個人影讓我確認這只是在開玩笑，結果我一直等到天完全暗下來……。

「我不敢出門，連續幾天一直守在那裡，只想知道誰在給我什麼啟示，但就是真的沒有人，等不到任何人，反而那幾天總是同一個時間下著很神奇的雨，使我不得不相信那完全就是神的旨意。」

叔叔這時竟然哽咽了。停頓的中途風琴手彈奏了幾個音符，牧師輕聲呢喃著上帝的榮耀，小小的驚嘆聲從我背後的人影中傳過來。趁這機會我想知道哥哥的反應，結果他沒有任何反應，他像木頭那樣空張著嘴，兩眼盯在叔叔身上還沒回神。

「幾天後的團膳日，我又來到這裡的餐室。以前每次來只為了填飽肚子，躲在牆角匆匆吃完就趕快離開，但這一次，我卻覺得好像回到自己的家，第一次感到那麼安心，拿著餐盤慢慢取菜，一點都不慌張，還挑了一個明亮的窗口安安靜靜坐下來，然後鼓起勇氣抬頭望著牆上的耶穌，這時終於淚流滿面……。」

聖誕節。聖誕夜。見證結束了，音樂叮叮噹四處飄揚，教友們紛紛上前和叔叔拍肩擁抱，他低著頭擦淚，下一秒又抬起臉，然後又擦淚，那雙眼睛從人縫中遠遠對過來，原來他在看著我們，父親一時還沒適應，好像停留在幾分鐘前又驚又喜的情緒中。

我們跟著叔叔來到外面的門廊下，好久不見的陌生與激動中，父親不習慣和他擁抱，只好一直對他噓寒問暖。牧師娘建議我們到閱覽室繼續聊，她說神與我們同在，任何美好的事物今晚都不會打烊，何況十二點前都還是平安夜。

閱覽室裡有沙發，但畢竟還是神的地方，母親很怕被神聽見，說得小心翼翼，「沒有你的消息，也沒有你的電話，我們都不知道要怎麼聯絡，沒想到是在這裡啊。」

「阿嫂，真失禮，我忙著當學徒，每天醒來就是跟著師傅揉麵團，假日就來教會幫忙，真沒想到自己會有這樣的改變，以前都在浪費生命，幸好天上的父把我救回來了。」

我們家的父還是不改他的好奇心，他就因為聽到神蹟而一直瞇著很細的眼睛，「還是談談那塊菜圃的事嘛，你確定嗎？真的不是鄰居幫你種的嗎？那後來呢？我說的是那些菜後來有沒有繼續長出來。」

「大哥，神來的時候就像小偷一樣無聲無息，祂不會讓你知道祂是神，但是你可以親近祂，甚至就把祂當作一朵花。我澆水一個多月後，才發現祂也替我種了豌豆，我去找來很多竹子搭豆棚，每天出門前就跟那些豌豆花說說話，一直說到它終於成熟被我摘下來，結果還是沒有任何人來過我那裡，你說，這不是上帝不然還有誰帶來這種奇蹟？」

「你能找到信仰，我當然為你感到高興啦。這樣好不好，過幾天你就來家裡，我們好好慶祝一下。來，慶耀，你不是很關心叔叔，說說你的心情，讓叔叔知道你很想念他。」

哥哥從頭到尾都沒有說話，我猜他心裡想的和我完全一樣。

沒想到他還是開口了，竟然是這麼說的：

「阿俊要唱一首歌為你慶祝，剛才他在車上練過了。」

「不會這麼大方吧。好啊，唱來聽聽，讓我知道你這小鬼長大了。」

真沒想到他會利用我來製造氣氛，我在車上是哼了幾句沒錯，但那是為了討好音樂老師才練的，不然誰願意在學校裡唱這種歌。不過，也好吧，反正本來就想要訓練自己的膽量……。

回到家已經很晚，我卻知道哥哥就是會悄悄使眼色，要我上樓找他。

我們還不曾因為同一件事這麼有默契，憋一整晚了，關於種菜的事。一進房間我就請教他，為什麼種菜的事會被誤解成這樣，叔叔是在說謊，還是真的相信神來了。

「這次沒有說謊，他真的看到神。你有沒有注意到，他說到一半就嗯嗯啊啊起來，那個聲音是濕的。如果是假哭，哽咽出來的聲音會比較乾，根本沒有淚液在裡面。」

「聲音是要怎樣才會濕？」

「眼淚雖然沒有掉下來，但因為流過咽喉，出來的聲音就會沾濕。」

「為什麼，誰說的？」

「蚯蚓說的。潮濕的土壤才有蚯蚓對不對，蚯蚓藉著水氣在土壤裡面鑽來鑽去，就會擠壓出那種聽起來有點悲傷的聲音。」

「好吧，那我們接下來要怎麼做？」

「說到這個，當然就要提醒你，事情發展到這個地步，更不容許我們把種菜的事說出去，你看他難得有信仰，就好像一個人終於找到歸宿，我們要是戳破真相，那還得了，反而會害死他。」

「還好你說做善事不要讓別人知道，只有這一點我很佩服你。」

「我本來還打算自己去種，根本不想讓你知道。」

我跟著他呵呵笑起來。他實在不適合接受讚美。

「真可憐，一個朋友都沒有，難怪不相信有人幫他種菜。」

「你要知道，浪子也是有尊嚴的，他甚至也會看不起浪子，所以沒有朋友是正常的。不過早知道他會把功勞推給神，當初我們實在應該種一些大麻，說不定他就相信原來上帝也會製毒。」

「還好是種了豌豆，幹麼你要開這種玩笑？」

「好啦，過幾天他來的時候，說話要小心，千萬不要像爸爸那麼白目，還問什麼菜不菜的。以後我們也不能再提到蜜蜂這兩個字了，我看這幾天屋前屋後也要檢查一遍，你想想看，大家坐在客廳聊天時突然一隻蜜蜂飛過來，那多可怕，是要哭還是要笑？」

「嗯，好吧，沒什麼事我要去睡覺了。」

「真的，今晚你唱得不錯，不過我不相信沒有人教你……。」

我不想再說下去，因為突然發現床頭那張照片不見了。

這個青春痘的實在很令人擔心。

父親說要「好好慶祝一下」，家裡的氣氛便慎重得像要準備過年。叔叔來那兩次算是主動上門，難得這次是受到邀請，感覺上當然就不一樣，何況他說我們是他唯一的親人。

高窗上的灰塵都被母親擦乾淨了，其他不必爬凳子的角落更沒放過，她忙得腰痠背痛，連鞋櫃裡不干叔叔何事的舊鞋也清出來整理。

「你們不可以隨便又把東西丟在客廳。」

「報紙看完要摺好，書包拿到自己的房間。」

「還有，你弟弟現在是基督徒了，和他說話不要再質疑上帝。」

父親被點到名，抬眼看看我們。其實他對叔叔已很用心，上次忙著和那些蜜蜂糾纏，這回恐怕也會順著話題一直談上帝——啊，上帝是長什麼樣子呢？現在每天睡前你都有祈禱嗎？是要怎樣才能感受上帝的恩典？真的假的，禱告的時候祂會出現？

他的語氣就是會這樣，雖然做人敦厚卻很天真，可能是小時候的成長較為遲緩，長大成人後就顯得特別善良。一般人被騙一次早就老死不相往來，他卻還是真心對待，否則就沒有那條圍巾的故事了，真是神來之筆的圍巾，總算讓他找回了手足親情。

其實母親不該限制他，愛問上帝就讓他問，因為我也很想知道上帝是怎樣種菜的，祂有戴手套嗎？是用種籽還是直接用菜苗，是不是也撒一泡尿當肥料？祂一樣有個博士哥在旁指導嗎？或者說上帝就是上帝，只要祂的手隨便一指，什麼菜都在田裡。

不過認真說起來，哥哥還是不簡單，他做善事不讓別人知道，也幸好真的沒有人知道，不像上帝做點什麼非要全世界都知道不可。

一切就緒後，就等著我們這位親人叔叔來上門了。

結果他一直沒有出現。

這段期間，每個人的心理好像又有了微小的變化。先說哥哥，他去實習的那個農改場臨時空出了床位，不想再等就搬進去了。客廳桌上開始出現了母親的成藥和護手膏，父親則把翻了兩頁的《聖經》白話本隨手扔在電話旁，而我就趁著等待的空檔練習那首聖歌的清唱，因為我們音樂老師是基督徒，愛是包容，愛是忍耐，他看在一個異教徒那麼有心的份上，應該會在給分數時體諒我的破鑼嗓。

聖歌音樂飄揚，餐廳浴室到處餘音繞梁，父親大概聽了心煩，無聊的飯後乾脆跟著母親去逛夜市，出門時悶悶不樂，回家後自然也沒有好心情，我想他們一定突然感到很空虛，叔叔有了上帝就不稀罕他們了。

寒假過後，放學時間的校門口，一個熟悉的影子閃過來。

這影子變瘦了，但就是他，穿一件有圖案的薄外套，一靠近就撲來了淡淡的麵粉香，看來真的是在麵包廠。我雖然很訝異他直接來學校，但也想到他可能又有什麼祕密要說，於是我裝得很自然，沒有問他要做什麼。

不過真想知道他要說什麼，一定有什麼問題才來找我。

「阿俊，這次真的需要你幫忙了。」

他從陡坡走上來，說得有點喘，我帶他反方向離開等車的站牌，有一條種滿了羊蹄甲的彎道可以邊走邊說，繞一圈回來剛好就是他剛才下車的地方。當然我也是為了不想讓同學看見，並不是怕丟臉，而是我們學校最近公告說有一個可疑的色狼，而他這種年紀剛好很像。

幸好他把鬍鬚刮掉了，看起來又開始很像我父親。

「我給你地址，你幫我去找她，就是隔壁村的二水鄉。她叫青蓉，你記住她的名字，應該很好找，你騎腳踏車去，慢慢騎，快要到她娘家門口的時候就衝快一點，讓她看到你滿頭大汗，表示非常緊急，然後你就說你是誰，你的叔叔現在病得很重，問她想不想要見他最後一面。」

「你生病？」

「假的啦。我那麼愛她，就是因為她很單純，聽到一定會相信。」

「我們音樂老師說基督徒要守戒律，不姦淫，不喝酒，不欺騙。」

「阿俊，只要出於善意就可以，我們不要死腦筋，人生那麼苦為什麼還要活著，就是有很多理想要去追求嘛，有時候手段超過一點點是會被容許的，上帝就是沒有這種福氣才會釘在十字架。」

「你自己不是說過要等她老？」

「是沒錯，現在一樣還在等，我是突然想要縮短時間。」

「你本來也說要賺到足夠的錢才跟她見面。」

「當然記得啦，但是真的很難，阿俊，賺錢比登天還難，坦白說我到現在還是搞不懂錢到底要怎麼賺？」

說到這裡他好像羞於見人，兩手提著領子邊走邊說：「我陪阿公走那麼多年的夜路，一丟開那些撈魚撈蝦的網子就沒什麼用了，每天就一直想著怎麼辦怎麼辦，想到後來只有更惶恐，我想這就是我的不幸啦，我最大的不幸就是一直想要成為有用的人，結果到頭來反而更沒用。不然叔叔以前挑磚頭、刷油漆、爬鷹架什麼的都做過了，而且從來不賭的，但怎麼存錢就是買不到半間廁所。阿俊，你知道在賭場裡把籌碼全押下去是多刺激嗎？雖然心裡在掉眼淚，但是眼睛在噴火，全身緊繃就等著莊家趕快把牌掀開，每次都以為可以買下天堂送給她。」

「你趕快把她忘掉啦。」

「阿俊，你說錯了，我就是沒有忘掉才能活到現在。」

「你是不是沒有碰過女人才變成這樣？」我生氣地說。

他愣了一下，手放下來扳住我的肩膀，突然笑著，笑得淒淒涼涼。嗯，聲音是濕的，這應該符合慶耀的研究，他的淚液正在經過咽喉，可見他真的是在悲傷，但他忍住了。

「阿俊，以前我看著你媽媽的時候，你就很生氣，還記得吧？那時我就是不相信自己過不了女人這一關，才故意看著她來測試，其實是沒有惡意的，眼睛看得快要瞎掉，才知道我的世界裡真的只有青蓉。」

「這只是你自己的想法。」

「不對，青蓉是上天指定的。」

「為什麼你就是要這樣……。」我本來要說，頑固。

「唉，等你長大吧，我也是第一眼看到她才知道。」

這時他看看錶，望著天色又把話題轉回來，「好了，我該走了，臨時請假出來的，你記住了嗎？趕快幫我去通知她，一定要說我病得很重，只要來看我一眼就好。」

他從口袋裡掏出青蓉的地址，接著開始描述她的長相。我們繞回到原地，站牌下已沒有人，我跑去騎了腳踏車過來，他還在等客運，外套背面印著麵包廠的名字，風吹在那麵包上撩起了條紋狀的波浪，這才發現他的背上大概只剩下皮包骨了。

一路上我默念著青蓉，回家後不敢多問，卻還不知道哪裡是二水鄉。

臨時想到哥哥看過很多農業產銷地方誌，我只好悄悄溜進他的房間，他搬到宿舍後，看得見的東西都帶走了，就剩下床底下的幾個紙箱。我開始後悔當初沒有讓他知道叔叔的祕密，平常嫌他愛說教，此刻需要他指點才知道他是那麼重要。

後來，從一張打開摺頁的地圖上，我終於找到了二水鄉，原來它毗鄰著濁水溪，而叔叔的西螺鎮竟然就在濁水溪旁，一個在上游，一個在下游，兩地雖然分屬不同的縣境，卻很清楚地連結在同一條水域上。

這是巧合嗎？以前我一直想不通他為什麼流浪到西螺，這下總算明白了，原來這種巧合就是他所安排的等待吧，當他走投無路的時候，乾脆流浪到下游去等她。

兩天後，卻傳來了叔叔開刀住院的消息。

我聽著母親轉述時，心裡只想笑，畢竟才跟他見過面，只有我最清楚這又是叔叔的詭計，演得真好，既然要我去通知青蓉說他病重，當然就配合演出說他住進了醫院。

然而這通電話卻是從醫院打來的。

他們打到鄉公所，說要緊急動手術，要我父親去補辦住院手續。以前父親意外接到的電話大都是針對叔叔的賭債，都是來討賒欠的，只要付錢就沒事，不像醫院的通知那麼令人震驚。

母親交代我的晚餐就是吃剩菜，然後匆匆張羅著一包包住院用品，說還要趕在農會下班前去提領現金，再到鄉公所會合父親一起趕過去。

突然變得很不好笑了，竟然像真的一樣。

我被弄得迷迷糊糊，事情有點混亂，叔叔說他沒有病，而青蓉很單純，一聽就會相信。問題是我還在等週末放假，根本還沒出發，他要裝病也不該刻意倒在醫院裡，何況還要動什麼緊急手術。

校門口匆匆那一面，雖然覺得他變瘦了，說起話來卻還是很有精神，擔心我認錯人，還仔細描述青蓉的模樣，說她不喜歡笑，但也不至於冷冰冰。也特別說到她有多白，「你看到白白的影子就是她。」影子哪有白色的，但在他的記憶裡就是白。還舉例說她的臉有點像小柚子，兩頰圓圓的，所以下巴看起來顯得很可愛。「有一次她的腳受傷，下車後我等到每個人都走了，就揹著她走到校門附近才放她下來，結果你信不信，那次我真的聞到了，脖子上真的有那種柚子香……。」

聽說哥哥也從農改所趕過去，他們一起從醫院回來時已經半夜。

「肺癌拖到現在，難怪手術做了那麼久。」

「你真的有看到他從手術房被推出來嗎？」我說。

「不然咧，難道要從福利社推出來。」父親竟然動怒了。

他開始排班表，考慮到住院期間需要有人照料，先排自己明後天請假去，問慶耀能不能排在第三天。討論到一半時搖著頭說：「唉，主治醫師上個月就提出警告了，不知道他為什麼拒絕動手術，說要等一個人。問他是哪個親人，點頭又搖頭，回答說下輩子才是親人。這傢伙到底在想什麼，你們聽他說過到底是在等誰嗎？」

我不敢吭聲。母親說：「那為什麼今天才決定動手術？」

「突然昏倒，被工廠同事發現才送去醫院。」

父親掐指算著日子，問我要不要明天跟他一起去。

……

「唉，你能自己一個人搭車就好了……」

「阿俊沒問題，他搭過……」沒想到哥哥會說溜嘴。

我趕緊搶著說，明天不行，其他任何一天都沒問題。

第二天一大早，我來不及請假就出發了。

地圖上很近的二水鄉，騎上腳踏車才知道叔叔跑了多遠。

我只希望這趟路不再是他的幻滅之旅，因為他全押下去了，這次的籌碼竟然是用生命。原來他還是想死的，根本不想動手術，才會用裝病的方式要我配合他一起演出，也許見到青蓉最後一面後，他就會找個地方躲起來死掉吧。

腳踏車愈騎愈快，我已顧不得他說的慢慢騎，騎到門口才加快，「讓她看到你滿頭大汗……」。畢竟是我把他的計畫耽誤了，但也不能怪我，我怎麼知道實際上他已撐不到這一天，死到臨頭還不讓我們知道，要是手術後從此沒有醒來……。

我終於找到地址了，是一棟長長的深宅，應該就是青蓉的娘家沒錯，卻鎖著兩扇紅鐵門，裡面一塊空空的庭埕，只有幾個小孩在嬉戲，沒看到大人。

如果照劇本演，先繞出去再衝回來，到時汗流浹背又能被誰看見？正在猶豫時，突然有個蒙面婆從我背後繞到前面來。

「你是來找誰，腳踏車可以先放好。」

面紗裡的聲音把我愣住了，是個年輕女人的聲音。

她把抱在胸口的一大蓬葉菜擱上牆頭，陽光照亮了薄薄的背影，我等著她轉身過來讓我仔細確認，可惜那灰色的面紗連著斗笠，連額頭也遮住了，只有紗網裡的眼睛朝我眨著陌生的寒意。

我不知道她是誰，只好先說我是誰，我是念……國中的……，說到一半她已走過來，慢慢解開了斗笠的細繩，面紗便也跟著摘下來了，跳出了一團黑髮，再來就是「有點像小柚子」的臉，沒錯，「兩頰圓圓的」。我一下子愣在她面前，心裡更急了，只好開始反覆說著叔叔的名字，很怕她聽不懂，很怕她是否已經忘記，根本不會演戲的我，突然在這剎那間真真實實地哭了起來。

十五歲的懵懂之海。

在一個陌生女人面前痛哭，有生以來僅有的記憶，只因在那慌亂的瞬間，想到叔叔所有的愛與屈辱、信念與謊言都是因她而起，我才會像個過早歷盡滄桑的孩子哭得那樣悲傷。

我最深刻的記憶是獨自去探病那天的情景，轉了兩趟車，謹記著慶耀和我一起偷偷去種菜的行程，一路上都是春天的雨，綿綿不絕的雨一直下到醫院兩側開滿杜鵑的花叢裡。後來每次的回憶中，我還看得見雨中那些畫面，連那當時為了躲雨而奔走的碎步、踩進窪坑中濺起的水花，以及我所看不見的自己的背影，全都還是那麼清晰。

會有那樣深刻的記憶，我想是因為奇蹟又在那天降臨的緣故。

我走進病房時，叔叔已拔掉針管，一看到我急著坐起來，還撩起袖子讓我看他手上僅有的棉花團。「坐過來，阿俊你趕快坐過來，你知道醫生怎麼說的嗎？他說我破了醫院的紀錄，看起來就像沒有動過手術一樣。」

他的眼神疲累，卻又強睜著狂喜的清光，真的不像病人，自問自答，說他麻醉醒來後馬上想到了什麼，哈哈哈哈，想到你騎著腳踏車還在路上趕路啦。能說又能笑，笑完痛得摀住胸口，興奮地哇哇叫著。

「阿俊，前天你怎麼裝出來的，聽說哭得非常傷心。」

「你怎麼知道？」我大聲叫起來。

「不要急啦，偷偷告訴你，其實我們光有一個上帝還不夠，每個人應該要有兩個神，上帝只是用來禱告的，你說祂還能做什麼？但你看看我現在，手術後還被推進加護病房，差不多就是在等死啦，結果一聽到女神在呼喚，我馬上就脫隊跑回來了。」

「別賣關子了，哪個女神在呼喚？」

「青蓉啊，青蓉不就是我的女神嗎？」他驕傲地睨我一眼。

我跳了起來，然而環顧病房四周，沒有任何人。

「女神一大早就來了，她去樓下替我買便當啦。」

這時我已靜不下來了，我急著想要看到她，用我十五歲的心靈最純真的喜悅跟她說聲謝謝。我匆匆打開門，決定衝到樓下去找她，沒想到叔叔卻哭著了，那哽咽的聲音一直從後面追上來：

不要那麼衝動嘛，阿俊，記得是白白的影子喔……。

叔叔死於四十九歲那年夏天。不是因為癌症，而是一場意外。他開了自己的麵包店，某日清晨趕送一批團購早餐出門，小貨車翻覆在一處彎道的山溝下，距他那次的手術只活了五年。

我在服役前曾去探望青蓉，她獨自守著那間麵包店，和前夫所生的女兒已經上了小學。她告訴我，雖然沒有和我的叔叔行過婚禮，但她將為他守寡，等著他下輩子的重生。

臨走前，我站在店門口依依不捨地說了一段蜜蜂的往事。

青蓉很好奇我的話題，因此當然也不知道麵包店為何取名華麗商行。

我說，我們去到那間空屋時，只看到屋主廢棄的那塊招牌……

後記

這裡有一則舊廣告，標題為：完美主義是最優雅的自我虐待。

山為什麼充滿著驚奇，因為每天破曉前的幽暗裡，總有一隻笨鳥發出第一聲，以一傳百，群起呼應，轉瞬間滿山的鳥語叫醒整座森林，溪澗開始歌唱，蝶翼翩飛起舞，千枝萬葉紛紛伸展出來迎接曙光。

建築為什麼還能期待，因為對環境的渴望一旦碰到瓶頸，總有個傻子會來邁出第一步，把貧瘠之地看作父祖的家園，以完美主義的尺度誠懇獻身，讓城市的濃妝從而洗淨，因回復了它的素顏而重生。

……………（下略）

這則廣告當年以全版篇幅見報，來勢洶洶，為求廣告行銷的即效性，用字誇張豪邁或目中無人自是難免，看來頗有一番大作為的展現。

而當年那個撰筆的傢伙，誰都想不到，竟然就是現在的我。因為十年後，小說裡的「我」偶然間撞見了暗戀半生的情人，於是我的文字和那個「我」的心思，就一下子淪落成這樣了：

今天早上在妳丈夫的診所裡，我經歷了一次未完成的內視鏡檢查，當儀器深入到我的胃，我竟然惶恐著藏在裡面的妳就要被發現了。

前後兩段的落差多麼懸殊，前者胸懷巨擘，後者卻是極盡卑屈軟弱，適足以說明那是兩個不相往來的世界，而剛好，我徘徊在這兩個世界之間長達三十年，與其說那宏偉版圖多誘人，最後我選擇的卻就是如此幽微的荊棘小徑，寧願返身投靠日漸孱弱的文學心靈，唯有在這樣的世界裡落入孤寂，我才終於找到那純屬自我的內心，而在這幾年裡踏實地安定下來。

這本書裡的七個短篇，當然有些又是熬夜之作，但由於體能已不復年輕，有些只好借用了和煦的晨光，因此你若發覺文字較為樸實，筆觸已更輕盈，每個故事的後來自然流露著感人的淚光，我想這或許就是溫暖的晨光所賜，使我頓悟到文學之所以必要，就是為了照亮我們每個小靈魂的苦痛和希望。

對我而言，寫作誠然就是一種交心的手藝，若我能用文字裡的安靜和你緊靠心靈，我想，這就可以了，文學的憧憬不就是這樣而已的嗎？卻已足以用來面對各種文明背後的無情。

印刻文學 605

INK PUBLISHING

神來的時候

作　　者　王定國
總 編 輯　初安民
責任編輯　陳健瑜
美術編輯　林麗華　黃昶憲
校　　對　吳美滿　陳健瑜　王定國

發 行 人　張書銘
出　　版　INK印刻文學生活雜誌出版股份有限公司
新北市中和區建一路249號8樓
電話：02-22281626
傳真：02-22281598
e-mail：ink.book@msa.hinet.net
網　　址　舒讀網 http：//www.inksudu.com.tw

法律顧問　巨鼎博達法律事務所
施竣中律師
總 經 銷　成陽出版股份有限公司
電　　話　03-3589000（代表號）
傳　　真　03-3556521
郵政劃撥　19785090 印刻文學生活雜誌出版股份有限公司
印　　刷　海王印刷事業股份有限公司

港澳總經銷　泛華發行代理有限公司
地　　址　香港新界將軍澳工業邨駿昌街7號2樓
電　　話　852-27982220
傳　　真　852-31813973
網　　址　www.gccd.com.hk

出版日期　2019年9月　初版
出版日期　2020年4月20日　初版五刷
ISBN　978-986-387-308-2

定　價　330元

國家圖書館出版品預行編目資料

神來的時候／王定國 著.
--初版．–新北市中和區：INK印刻文學，
2019. 09 面； 公分. --（文學叢書；605）
ISBN 978-986-387-308-2 （精裝）

863.57　　108012060